AJAX,

TRAGÉDIE.

AJAX,

TRAGÉDIE,

Par M. POINSINET DE SIVRY, Pensionnaire de la Maison d'Orléans, & Membre de la Société Royale des Sciences & Belles-Lettres de Lorraine.

Représentée sur le Théatre de la Comédie Française en 1762.

» .... *Et quid facundia posset*
» *Tum patuit, fortisque Viri tulit arma disertus* «
Et l'Eloquence alors triompha du Courage.

OVID.

TROISIÈME ÉDITION.

A PARIS,

Chez MOUTARD, Imprimeur-Libraire de la REINE, de MADAME, & de Madame Comtesse D'ARTOIS, rue des Mathurins, Hôtel de Cluni.

M. DCC. LXXXIX.

PERSONNAGES.

AJAX, Roi de Salamine. — *M. de Saint-Prix.*

ULYSSE, Roi d'Ithaque. — *M. Dorival.*

AGAMEMNON, Chef des Rois de la Grèce. — *M. Vanhove.*

PENTHÉSILÉE, Reine des Amazones. — *Mlle. de Raucourt.*

MEMNON, époux de Penthéfilée, & Chef des Alliés de Troie. — *M. de Saint-Fal.*

ANTÉNOR, Prince Troyen. — *M. Naudet.*

HIPPODAMAS, fils de Priam; ami & parent de Memnon. — *M. Grammont.*

HERSILE, Amazone. — *Mme. Suin.*

ARCAS, Confident d'Ajax. — *M. Dunant.*

EURYBATE, l'un des Guerriers d'Agamemnon. — *M. Marfy.*

SUITE.

La Scène eft devant Troie.

A MADEMOISELLE

DE RAUCOURT,

PENSIONNAIRE DU ROI, &c.

*M*ADEMOISELLE;

Senſiblement flatté de l'acceptation que vous avez faite du rôle de Penthéſilée dans ma Tragédie d'Ajax, & du ſoin que vous avez pris d'engager l'Aſſemblée de MM. les Comédiens Français

Ordinaires du Roi, à fixer la reprise de cette Pièce après la rentrée prochaine des Spectacles; j'ai dû naturellement concevoir l'espérance que vous ne refuseriez point l'hommage de la Pièce même. Cet autre acte de complaisance, MADEMOISELLE, vous donne un nouveau droit à ma reconnaissance. J'étais très-ambitieux de cette seconde faveur; car c'est sur-tout des Talens, qu'un homme qui les cultive doit rechercher le suffrage.

Il me reste à justifier un léger changement que j'ai fait à mon Ouvrage, dans la vûe de le rendre plus digne de votre accueil. Il y eut de l'orage en 1762, à la représentation. Une Cabale, dont je ne serais pas embarrassé de citer les chefs, s'y déchaîna avec indécence, ce qui me porta à retirer mon Ajax, contre l'avis & le vœu de tous les Littérateurs, & sur-tout de feu M. Le Kain, qui aimait passionnément son Rôle & toute la Pièce; & qui, jusqu'à sa mort, n'a cessé dans ses lettres, dont quelques-unes sont devenues publiques, de m'exhorter à rentrer dans la carrière du Théatre par cette Tragédie même.

Il convient d'expliquer pourquoi, dans une Pièce qui a été couverte des éloges des Connaisseurs après l'impression, j'ai cru devoir faire un changement. Memnon, l'époux de Penthésilée, ne paraiſſait dans aucun des cinq Actes ; il n'y figurait qu'en récit : & cependant ce Perſonnage était le ſeul dont la préſence pût juſtifier la Reine des Amazones de la manière cruelle dont elle trompe Ajax. Ainſi le défaut d'apparition du Héros, fils de Tithon & de l'Aurore, jetait un vernis de trahiſon gratuite ſur la conduite de mon Héroïne. C'eſt un axiome de Goût, que nous ſommes plus puiſſamment émus par les yeux que par l'oreille. J'ai donc cru qu'il était à propos d'ajouter, ou plutôt de reſtituer à ma Pièce, dans cette troiſième Édition, le Perſonnage, d'ailleurs très-court, de Memnon. Avec cette ſimple précaution, je crois, MADEMOISELLE, pouvoir être tranquille ſur le ſort d'une Tragédie dont un talent comme le vôtre, & celui de MM. vos Camarades, ſuffirait pour transformer en beautés les imperfections mêmes.

Mais cette Épître, MADEMOISELLE, pourrait devenir prolixe ; & ce ne ſerait pas là ſon ſeul défaut ; je m'y ſuis exprimé en proſe. Or, ſans contredit, une Favorite de Melpomène, une Actrice telle que vous, accoutumée à nous rendre avec tant de magie une Phédre, une Athalie, une Sémiramis, une Mérope, une Clytemneſtre, &c. &c. mérite que, de préférence, on lui parle *le langage des Dieux. Je m'en aviferai donc, quoiqu'un peu tard ; & je terminerai mon hommage par les Vers fuivans, deftinés à accompagner celui de vos portraits qui vous repréfente dans le Rôle de Médée :*

» Qui voit Raucourt, ou qui l'entend,
» Eft foumis au pouvoir d'un double enchantement.
    » Tant de beautés brillent en elle,
» Qu'elle eût pu, pour ravir, fe paffer de talent ;
    » Et fur la Scène elle en a tant,
» Qu'elle eût pu, pour charmer, fe paffer d'être belle «.

Je fuis avec le culte que je vous ai voué publiquement dès votre début au Théatre,

M A D E M O I S E L L E ,

Votre très-humble & très-obéiffant
Serviteur & Admirateur,

Poinsinet de Sivry.

A J A X ,

AJAX,
TRAGÉDIE.

ACTE PREMIER.

SCÈNE PREMIÈRE.

MEMNON, HIPPODAMAS.

MEMNON.

Dieux ! c'eſt Hippodamas !.. pourquoi ſuis-tu Memnon?

HIPPODAMAS.

Pourquoi ſortir ſans moi des remparts d'Ilion ?
Tout m'attache à ton ſort, l'amitié, la naiſſance.
J'ai frémi d'un départ conçu par l'imprudence.

A

Tu veux te perdre ; & moi, je veux t'accompagner.

MEMNON.

Laiffe-moi périr feul.

HIPPODAMAS.

     Ceffe de m'indigner.
Ignoré-je les loix que l'amitié nous trace ?
Je te fuivrai par-tout.

MEMNON.

     Connais-tu ton audace ?
Réferve à d'autres temps ces efforts dangereux :
Et puiffe en profiter un ami plus heureux !

HIPPODAMAS.

Quelle fombre fureur te feroit fuir la vie ?
Jamais envers les Dieux Memnon ne fut impie.
Ne le fois pas non plus envers Hippodamas.

MEMNON.

Aurai-je moins de maux, quand tu les connaîtras ?

HIPPODAMAS.

Oui. Verfe tes douleurs au fein d'un ami tendre :
C'eft les calmer, crois-moi.

MEMNON.

     Frémis de les entendre.
Ma bleffure eft profonde.

TRAGÉDIE.

HIPPODAMAS.

Il faut donc la soigner.

MEMNON.

Je ne puis la r'ouvrir sans la faire saigner.
Ami, je suis jaloux.

HIPPODAMAS.

Quoi? Memnon pourrait l'être?
Memnon, sûr d'être aimé, pourrait-il bien connaître
L'affreuse passion dont il ose parler?

MEMNON.

Détruits donc les récits qui m'ont trop su troubler.

HIPPODAMAS.

Quels sont ces bruits?

MEMNON.

Qu'Ajax aime Penthésilée:
On dit même qu'aux yeux de la Grèce assemblée,
La Reine, consentant à des nœuds criminels,
Doit consommer ma honte, & le suivre aux autels.

HIPPODAMAS.

Memnon devoit-il croire une telle imposture?
Et connaît-il si mal la vertu la plus pure?

MEMNON.

Ami, je le sais trop; l'estime, la raison,
Combattent dans mon cœur un funeste soupçon?

La raison le bannit ; mais l'amour le rappelle.
Ainsi toujous en butte à ce conflict rebelle,
Contre lui, contre moi, je fais de vains efforts,
Et j'endure un tourment pire que mille morts.
Ne pouvant soutenir un si cruel supplice,
Cette nuit, du repos j'ai fait le sacrifice.
J'ai voulu, dût la mort me couper les chemins,
Pénétrer dans ce camp, qui contient mes destins.
Tout semble succéder à mon audace altière.
De nos murs, sans témoins, je franchis la barrière.
Oui, le Sort, de mes vœux, exauce la moitié :
J'ai trompé tous les yeux, hors ceux de l'amitié.

H I P P O D A M A S.

C'est un avis du Ciel, qui veut que tu m'écoutes :
Je t'aiderai, moi-même à lever tous tes doutes.
Vois ces rochers voisins, ombragés de cyprès :
J'y connais des détours & des antres secrets.
L'œil plonge sur ce camp de l'un de ces asiles,
Où du grand Sarpédon sont les cendres tranquilles.
De là nous pourrons voir ce qui se passe ici ;
Et ton sort, sans péril, pourra t'être éclairci.
Un seul poste franchi, je te réponds du reste.
Quelqu'un vient ; tout retard nous deviendrait funeste.
Tandis qu'un voile épais couvre encore les cieux,
Prenons par ce sentier ; & laisse faire aux Dieux.

SCÈNE II.

PENTHÉSILÉE, HERSILE.

HERSILE.

O Reine! où courez-vous? quoi? lorsque tout sommeille,
Un soin toujours nouveau vous trouble & vous éveille?
La nuit sur tous les yeux verse encor ses pavots.

PENTHÉSILÉE.

Ah! mon cœur est-il fait pour goûter le repos?
Quand Memnon ne vit plus, tu condamnes mes larmes!
Amante sans espoir, & Guerrière sans armes;
Prisonnière en ces lieux où j'ai porté l'effroi,
Plaisirs, gloire, repos, tout est perdu pour moi.

HERSILE.

Mais, Madame, un faux bruit vous abuse peut-être:
Memnon peut dissiper les regrets qu'il fit naître;
Peut-être, en ce jour même, un rapport plus certain....

PENTHÉSILÉE.

Non, mon époux n'est plus; tu me flattes en vain.
Hersile, c'en est fait; ma disgrace est comblée:
Eh! quelle attente encor flattait Penthésilée?
Dans ce combat sanglant, où le fils de Thétis
Vainqueur, a succombé sous le fer de Pâris;
Où du barbare Ajax je devins prisonnière;
J'ai vu Memnon mourant couché sur la poussière;

Témoin infortuné de mon cruel deftin,
Lever fur moi les yeux..... les refermer foudain !
Et ton zèle aujourd'hui veut que la Renommée,
M'ait, du bruit de fa mort, fauffement alarmée ;
Que, privée à jamais du plaifir de le voir,
Crédule, je nourriffe un inutile efpoir.

HERSILE.

Eh bien ! abandonnez cette douce efpérance ;
Des Deftins irrités accufez l'inclémence.
J'approuve ces regrets, ces foupirs, ces fanglots,
Légitime tribut aux cendres d'un Héros.
Mais parmi les chagrins que cette perte entraîne,
Auriez-vous oublié les devoirs d'une Reine ?
Songez à ces vertus ; rappelez ces exploits,
Qui d'un fexe orgueilleux font refpecter vos loix.
Vous pleurez un Héros que la gloire environne :
Concevez des regrets dignes d'une Amazone ;
A votre Peuple entier, faites-les partager ;
Et fi Memnon n'eft plus, vivez pour le venger.

PENTHÉSILÉE.

Oui, je te vengerai, chère ombre que j'attefte !
Je foutiendrai le jour dans cet efpoir funefte ;
Et je ne fortirai de ces indignes fers,
Que pour venger ma honte aux yeux de l'Univers.
Ah ! que faifais-je, Herfile, aux rives du Scamandre ?
J'ai vu Memnon périr, & n'ai pu le défendre.
Où m'emportait ailleurs la fureur des combats ?
Je n'ai pu, cher Memnon, prévenir ton trépas.

L'impitoyable Ajax, si près de leur aurore,
A moissonné les jours du Héros que j'adore !
Tigre altéré de sang ! quand pourra ma fureur
Eteindre dans le tien ta rage & ma douleur ?

HERSILE.

Ajax puise en vos yeux la fureur qui l'irrite ;
A vous persécuter, votre beauté l'excite ;
Et malgré votre haine, & malgré vos regrets,
Vous-même avez flatté ses amoureux projets.
Devez-vous espérer qu'il demeure tranquille,
Lui, qui de votre hymen.....

PENTHÉSILÉE.

Lui, m'y contraindre, Hersile !
Avant qu'un tel lien nous assemble tous deux,
La mort, la mort viendra me soustraire à ses feux.
Écoute ; & désormais connais-moi toute entière.
Je voulais me venger ; mais j'étais prisonnière.
Sans armes, sans appui, sans espoir de retour,
Je dépendais d'Ajax ; je flattai son amour.
Mais je lui vendis cher une espérance vaine ;
Et mes feintes bontés l'immolaient à ma haine.
Tantôt d'un fier chagrin affectant la rigueur,
Je détruis d'un seul mot son fragile bonheur ;
Tantôt d'un front serein recevant son hommage,
Pour l'éloigner de moi, je flatte son courage.
Deux lions furieux ravageaient Ténédos.
Les Héros, tu le sais, de Mycène & d'Argos,

Rebutés du péril, renonçaient à la gloire
Qu'offrait à leur valeur une noble victoire :
J'excite à cet exploit mon farouche Vainqueur.
Ajax vole aussi-tôt mériter cet honneur.
Il va bientôt, rempli d'une superbe attente,
Déposer à mes pieds sa dépouille sanglante ;
Attester ma parole, &, d'un regard cruel,
Me prescrire la loi de le suivre à l'autel.....
Et moi, de ses projets je confondrai l'audace.
Je saurai me souftraire au Sort qui me menace ;
Et, bravant le pouvoir d'un Vainqueur irrité,
Appefantir le joug où je tiens sa fierté.
Ce superbe Tyran, ce Courage indocile,
Cet Ajax indompté, tu le verras, Herfile,
A mon char enchaîné par un secret pouvoir,
Gémir dans les langueurs d'un éternel espoir.

HERSILE.

Ah ! devez-vous penfer qu'une aveugle tendreffe
Le ramène toujours au piége qu'on lui dreffe ?
L'Amour a-t-il fans ceffe un bandeau fur les yeux ?
Bientôt vous reverrez un Amant furieux
De vos projets fur vous renverfant l'édifice,
S'affranchir des rigueurs dont il fut le complice.
L'imprudence, ou le temps, dévoilera votre art.
Il verra fon erreur.

PENTHÉSILÉE.

Il la verra trop tard.

Ma fierté, fa faibleffe, & même cette injure,
Contre tout fon dépit en secret me raffure.

L'espoir qui l'a séduit, le trompera souvent :
Ajax est dans le piége engagé trop avant.
Je vais mettre à profit son indiscrète ivresse ;
Je veux plus loin encore amener sa tendresse.
Quoi donc ? à la terreur on me verrait céder !
Ah ! je risquerais trop à ne rien hasarder.
Contre nous dans ce camp je vois ce qui se passe.

HERSILE.

Je sais qu'on vous redoute.

PENTHÉSILÉE.

                   Et moi, qu'on nous menace.
On parle de complots, de sang prêt à couler,
D'un oracle inhumain, qu'on craint de révéler.
J'ignore quels forfaits Calchas médite, Hersile ;
Mais du sein de la tombe on interroge Achille.
Que dis-je ? de nos maux le triste enchaînement ;
Anténor vers les Grecs député vainement ;
L'instant toujours lointain de notre délivrance ;
Le sombre ennui d'Atride, & son morne silence ;
Ulysse enfin, cruel & perfide en tout temps :
Tout n'offre à mon esprit que noirs pressentimens.
Je vois d'affreux revers..... mais j'ose les attendre :
Le Sort peut me poursuivre, & non pas me surprendre.
Il faut qu'Ajax me serve à repousser ces coups.
Assurons-nous d'un Grec, pour mieux les perdre tous.
Jetons entre eux & lui des semences de haines ;
Rendons & ma vengeance & sa chute certaines.
L'Enfer même, l'Enfer seconde mes transports.
Puisqu'Achille n'est plus ; puisqu'enfin chez les morts,

Pâris & les Deſtins l'ont forcé de deſcendre ;
Que les malheurs des Grecs renaiſſent de ſa cendre !
Que ſon Armure ici ſeme encor la terreur ;
Qu'elle excite des Chefs la jalouſe fureur ;
Et que ce même Ajax, du courroux qui m'anime,
Soit l'inſtrument aveugle, & bientôt la victime !

HERSILE.

Juſte Ciel ! quels projets ! j'en frémis ; mais pour vous.

PENTHÉSILÉE.

Ne plains, ne plains qu'Ajax. Il vient : fuis ; laiſſe-nous.

SCÈNE III.

PENTHÉSILÉE, AJAX, ARCAS.

AJAX.

Madame, un prompt ſuccès devant vous me ramène,
J'ai combattu pour vous ; la gloire était certaine.
Fier de vous obéir, j'ai traverſé les flots :
J'ai d'un fléau cruel délivré Ténédos.
Aux monſtres indomptés dont elle a craint la rage,
J'ai fait ſentir le joug, & ſubir l'eſclavage.
Dans ce camp par mon ordre à ma ſuite amenés,
A traîner votre char, je les ai deſtinés.
Vous ſavez quelle attente occupe ma tendreſſe :
Venez aux yeux des Grecs remplir votre promeſſe ;

Venez, vous foumettant à des liens plus doux,
Dans Ajax triomphant reconnaître un époux.

P E N T H É S I L É E.

J'ai promis, & mon ame a peine à s'en défendre ;
Tant d'épreuves, Seigneur, me preffent de me rendre :
Leur voix fe fait entendre à mon cœur agité.....
Et trouble un autre efpoir, dont il s'était flatté.

A J A X.

Ainfi donc vainement j'ai cru vous fatisfaire ;
En vain j'ai combattu, j'ai vaincu pour vous plaire !
Par d'éternels délais abufant mon ardeur.....

P E N T H É S I L É E.

Eh ! quels délais nouveaux ai-je exigés, Seigneur ?
Quel foin, quel vain foupçon vous tourmente fans ceffe ?
Nous touchons à l'inftant qu'a fixé ma promeffe.
Vous êtes de mes jours arbitre fouverain,
Et le fort des combats vous foumet mon deftin.
Quelques vœux que d'Ajax forme la prifonnière,
Vous pouvez refufer d'écouter fa prière.
Je dois, je le fais trop, obéir au Vainqueur.
Quels droits enfin croirais-je avoir fur votre cœur ?
Je fuis votre captive ; & les Dieux.....

A J A X.

Non, cruelle !

Il vous faut jufqu'au bout prouver mon trifte zèle.
Abufez fur mon cœur de ce fatal pouvoir.
Parlez ; expliquez-vous : quel était cet efpoir ?

PENTHÉSILÉE.

Peut-être un autre temps me fera plus propice :
N'en parlons plus, Seigneur.

AJAX.

                  O rigoureux supplice !
Ingrate..... au nom des Dieux, Madame, expliquez-vous.
Eh ! quoi ? voulez-vous voir Ajax à vos genoux ?

PENTHÉSILÉE.

Seigneur ! que faites-vous ? & quel oubli funeste !

AJAX.

Ah ! je sais vos rigueurs, & j'en prévois le reste.
De votre haine en vain vous couvrez la moitié :
Je conçois tout l'excès de votre inimitié.
Content de vous servir, j'étais prêt à tout faire ;
J'eusse immolé ma vie au désir de vous plaire ;
Et vous, ingénieuse à me désespérer,
Vous me parlez de vœux, qu'il me faut ignorer !
Ce que vous désirez, vous n'osez m'en instruire !
Sur mon cœur, dites-vous, vous n'avez plus d'empire !
Barbare !

PENTHÉSILÉE.

           Eh bien ! c'est trop hésiter en effet.
Rassurez-vous, Seigneur, vous serez satisfait.
Puisque vous le voulez, je romprai ce silence.
Un prix, je l'avoûrai, flattait mon espérance.

Penthéfilée encor l'ofe attendre de vous ;
Vous-même, en me l'offrant, en deviendrez jaloux.
Votre gloire, Seigneur, loin d'être ici bleffée,
Au fuccès de mes vœux, eft même intéreffée.
Le compagnon d'Ajax a vu les fombres bords ;
Le redoutable Achille a paffé chez les morts :
Mais il laiffe après lui cette Armure fatale,
Illuftre objet des vœux de la Grèce rivale.
A quel autre qu'Ajax ces honneurs font-ils dûs ?
Qui doit les demander, quand Achille n'eft plus ?
Briguez cette dépouille, & faites-en la vôtre.
Quel triomphe aujourd'hui nous attend l'un & l'autre ;
Vous, rival de vingt Rois, de l'obtenir fur tous ;
Et moi, Seigneur, & moi, de la tenir de vous !

A J A X.

Oui, je cède, Madame, au charme qui m'attire ;
A votre volonté, fans doute, il faut foufcrire ;
Sans fruit, peut-être encor, courir à cet honneur,
Et toujours différer l'inftant de mon bonheur.

P E N T H É S I L É E.

Vos reproches enfin excitent ma colère.
Vous êtes informé de ce qui peut me plaire,
Seigneur. Je veux tenir tout ce que j'ai promis.
Ma main peut être à vous ; vous favez à quel prix.

Elle fort.

S C È N E   I V.

A J A X,   A R C A S.

A J A X.

Dieux !... fuis-je encore Ajax ?... Ai-je tant de faibleſſe ?
Ah ! ſi de ſa raiſon mon ame était maîtreſſe ;
Et ſi, contre l'amour juſtement révolté,
Mon cœur n'écoutait plus qu'une mâle fierté !....
Tu l'as vu, cher Arcas, à quel point on m'outrage.

A R C A S.

Quittez, quittez, Seigneur, un indigne eſclavage ;
Vengez-vous, par l'oubli, de ſes traîtres appas. .
Privez-vous de la voir.

A J A X.

           Que je m'en prive, Arcas !
Ah ! mon ame à ſon joug eſt trop aſſujettie ;
Sa puiſſance ſur moi s'eſt trop appeſantie.
Il faut l'aimer toujours, & remplir mon deſtin.
Il faut..... Mais cependant elle m'offre ſa main.
Je ne ſuis point pour guide une apparence vaine ,
Et j'en ai pour garant ſa parole certaine.

ARCAS.

On vous trompe, Seigneur; & bientôt, pour tout fruit....

AJAX.

Arrête! épargne au moins l'espoir qui m'a séduit.
Si de ce songe heureux mon ame est enivrée,
Ne m'est-il pas permis d'en chérir la durée?
Pourquoi veux-tu, cruel, m'envier une erreur,
Qui, de mes sens troublés, peut faire le bonheur?.....
Mais parle; qui t'a dit qu'un indigne artifice,
Préparé contre Ajax, en secret le trahisse?
Comment justifier tes soupçons indiscrets?
Qui t'a pu, de la Reine, apprendre les projets?
D'où les sais-tu? Pourquoi la noircir de ce crime?

ARCAS.

Seigneur, votre intérêt est tout ce qui m'anime:
C'est son zèle pour vous qui fait parler Arcas.
Puisqu'il vous a déplu.....

AJAX.

         Non; ne me quitte pas.
Prête encor ton secours à mon ame troublée.
Parle-moi..... de ce trouble, & de Penthésilée.
Ai-je donc en effet mérité son dépit?
Ami, pour l'irriter, qu'ai-je fait, qu'ai-je dit?
Mais qu'importe, après tout; si, malgré sa colère,
Elle me laisse encore assuré de lui plaire?
Non, la Reine n'a point prétendu me braver;
Par un dernier service elle veut m'éprouver.

Il faut la contenter; l'entreprise est facile :
Allons mettre à ses pieds la dépouille d'Achille.
Cet hommage éclatant séduira son orgueil ;
De ses dédains, crois-moi, ce prix sera l'écueil.
O trop heureux Ajax, quelle sera ta joie !
Arcas, tu vois l'ivresse où mon ame est en proie ;
Ajax, à ses transports, ne peut se refuser.
Suis-moi.... mais crains, sur-tout, de me désabuser.

ACTE

ACTE II.

SCÈNE PREMIÈRE.

AGAMEMNON, ULYSSE.

ULYSSE.

Vous m'évitez, Seigneur ! Ne puis-je enfin connaître
D'où naît ce sombre ennui que vous faites paraître ?
De quels chagrins nouveaux en secret agité,
N'osez-vous avec moi parler en liberté ?
Ne puis-je, au Chef des Grecs, offrir qu'un vain service ?
Agamemnon craint-il de consulter Ulysse ?

AGAMEMNON.

Je suis Chef de vingt Rois ; mais d'un titre si beau,
Croyez-vous que l'honneur balance le fardeau ?
Ce sceptre si vanté n'est pas ce que l'on pense :
De son repos Atride a payé sa puissance.
Pour conserver le grade où le Sort m'a porté,
Vous savez de quel sang l'orgueil l'a cimenté.
Encor, si d'un tel prix achetant cet Empire,
J'étais maître en effet dans ce rang qu'on admire !
Mais, dois-je l'avouer ? le triste Agamemnon
Obéit à Calchas, & n'est Roi que de nom.

B

U L Y S S E.

Qu'entends-je ?

A G A M E M N O N.

   Ce qu'en vain je me cache à moi-même.
Calchas ufurpe ici l'autorité fuprême,
Oppofe à mes décrets les décrets éternels
Et renverfe le trôno à l'abri des autels.

U L Y S S E.

Quoi ? Seigneur ! un fujet, foigneux de vous déplaire,
Forme, de vous braver, le projet téméraire !
Quel eft donc l'attentat qu'il médite aujourd'hui ?

A G A M E M N O N.

Ulyffe ! foyez Juge entre un Monarque & lui.
Dans ce combat cruel, où la Parque ennemie
Du plus vaillant des Grecs ofa trancher la vie,
On fit cent prifonniers fur les Troyens vaincus.....
Vain dédommagement d'Achille, qui n'eft plus !
Dix jours s'étaient paffés depuis ce jour funefte.
J'allais, d'Achille mort, honorer ce qui refte ;
J'allais mander les Chefs ; quand le Roi d'Ilion
M'a fait, de ces Captifs, propofer la rançon.
Je daigne y confentir : même, au nom de la Grèce,
A l'Envoyé Troyen j'engage ma promeffe ;
Je cours, aux yeux des Grecs, la faire exécuter.....
Mais l'infolent Calchas eft venu m'arrêter ;
Et d'un refpect forcé, colorant fon audace :
» Fils des Dieux, a-t-il dit, redoute leur menace !

» Le Ciel a difposé des Captifs Phrygiens ;
» Son courroux te défend de brifer leurs liens.
» Achille les réclame ; & veut que fur fa tombe,
» Tout leur fang aujourd'hui coule au lieu d'hécatombe «.

ULYSSE.

Jufte Ciel !.... Mais, Seigneur, qu'avez-vous réfolu ?

AGAMEMNON.

Ou ce fceptre eft armé d'un pouvoir fuperflu,
Ou, d'un jufte courroux, appaifant le murmure ;
Le vil fang du rebelle expîra cette injure.
Et l'Armée & les Dieux le protègent en vain.

ULYSSE.

Seigneur, puiffe le Ciel détourner ce deffein !
Vous le favez, le Peuple en fon zèle eft extrême ;
Il révère en Calchas, & les Dieux, & vous-même :
Et le Peuple, à la mort, verrait mener Calchas !

AGAMEMNON.

C'eft vous qui prononcez l'arrêt de fon trépas.
Vous m'apprenez enfin que je me fais juftice,
Qu'il croit braver ma haine, & qu'il faut qu'il périffe;
Sa mort fera le prix de fa témérité :
Elle importe à la Grèce, à ma fécurité.
Quoi ? craindrai-je toujours. les oracles d'un Prêtre ?
Verrai-je à chaque inftant les tumultes renaître ?
Vingt Rois fouffriront-ils que tout le camp troublé,
Méconnaiffe ma voix quand Calchas a parlé ?

A cette indignité c'eſt trop long-temps deſcendre.
Croirez-vous ce qu'au Peuple il prétend faire entendre?
» Que le ſombre avenir ſe dévoile à ſes yeux;
» Que lui ſeul eſt admis dans le Conſeil des Dieux;
» Et que, de leurs décrets, heureux dépoſitaire,
» Tout ce qu'il oſe dire, il faut qu'on le révère « ?

U L Y S S E.

Non. Je n'encenſe point, d'un culte aveugle épris,
La ſuperſtition, objet de vos mépris.
J'ai moi-même autrefois, arrêtant ſes conquêtes,
Bravé ſes foudres vains, ſuſpendus ſur nos têtes.
Je la bannis d'Ithaque; & nos triſtes autels
Ne furent plus ſouillés par le ſang des mortels.
Je confondis l'orgueil & les fables des Prêtres.
L'indiſcret Interprète eut le deſtin des traîtres.
Le Menſonge & l'Erreur, de leur chute effrayés,
Idoles de la Crète, y furent renvoyés.
Mais, de mes longs travaux, je jouiſſais à peine,
Quand le Peuple indocile, au ſortir de ſa chaîne,
Et de tous ſes remords à la fois délivré,
Voulut braver ſon Roi, qui l'avoit éclairé.
Il fallut, à mon tour, appeler les prodiges,
Ramener le vulgaire aux antiques preſtiges,
Le traîner aux autels que ma main lui ravit,
Et le rendre à l'Erreur, qui ſeule l'aſſervit.
Songez-y; n'allez pas, ardent à vous détruire,
En immolant Calchas, expoſer votre Empire,
Eh! quel frein retiendra le Soldat mutiné,
Si par le Fanatiſme il n'eſt plus enchaîné ?

AGAMEMNON.

Ainsi, je souffrirai que celui qui m'offense
Ose accuser bientôt ma haine d'impuissance ;
Qu'un pouvoir étranger le dérobe à mes coups ;
Et je n'aurai montré qu'un stérile courroux !

ULYSSE.

Mais Calchas, en effet, prétend-il vous déplaire ?
Écoutez moins, Seigneur, une aveugle colère ;
Voyez quel est l'état où nous sommes réduits.
Du superbe Ilion les murs sont-ils détruits ?
Qu'ont servi ces vaisseaux dont la mer est couverte ?
Achille, sur ces bords, a rencontré sa perte.
Le courage des Grecs, par lui seul animé,
Dans la tombe, avec lui, semble être renfermé.
Ajax, qui seul ici peut remplacer Achille,
Ajax n'exerce plus qu'un courage inutile.
Une Scythe l'entraîne ; & son bras désormais
Ne se fait plus sentir qu'aux monstres des forêts.
Tout le reste du Camp s'abandonne à la crainte.
Tantôt, contre les Rois, il s'échappe à la plainte ;
Et tantôt, observant un silence profond,
Le Soldat consterné regarde l'Hellespont.
Mais un appui vous reste en ce péril extrême.

AGAMEMNON.

Et cet appui, Seigneur, quel est-il ?

ULYSSE.

Calchas même.

Refuſez-vous de voir par quels ſecrets deſſeins
Il demande le ſang des priſonniers Troyens ?
Il veut, par une loi ſanguinaire, inhumaine,
Des deux Peuples rivaux, reſſuſciter la haine ;
Contraindre nos Soldats à n'eſpérer jamais,
Des Troyens outragés, de traités ni de paix.
N'en doutez point, Seigneur, l'appareil qu'il apprête,
De Troie, à vos déſirs, aſſure la conquête.
Ce ſang va devenir le ſignal des combats ,
Où les Grecs , à l'envi , vont courir ſur vos pas.
Pourriez-vous craindre encore, à vous même contraire,
D'approuver, de Calchas, la rigueur ſalutaire ?
Le rivage d'Aulide, en un péril moins grand,
Vous a-t-il vu vous-même épargner votre ſang ?

A G A M E M N O N.

Il ſuffit ; de Calchas j'emploirai le ſervice.
Achevez, par ſes mains, ce fatal ſacrifice ;
Prince ! à le condamner je n'ai plus d'intérêt :
Calchas eſt innocent, puiſqu'il vous le paraît.
Cependant, avant tout, prenez ſoin que l'Armée,
De nos deſſeins ſecrets, ne ſoit point informée ;
Qu'aucun bruit n'en parvienne au Monarque Troyen ;
Et que, des priſonniers, l'eſpoir & le ſoutien,
Anténor, dès ce ſoir, retourne vers ſon Maître.
C'eſt lui qui vient à nous ; ne faiſons rien connaître,

SCÈNE II.

AGAMEMNON, ULYSSE, ANTÉNOR.

ANTÉNOR.

SEIGNEUR ! Priam fans doute a lieu d'être furpris.
Des foupçons trop fondés ont ému les efprits.
Après tant de délais, que voulez-vous qu'on penfe ?
Qui peut des Phrygiens retarder l'efpérance ?
Quand je vins, des Captifs, propofer la rançon,
Je reçus pour garant la foi d'Agamemnon.
Je fais trop qu'un grand Roi ne peut fonger à feindre ;
Et ce n'eft pas de vous que je prétends me plaindre.
Ah ! fi vous ne fuiviez que vos propres confeils !....
Mais toujours les Flatteurs entourent vos pareils :
Et tel m'écoute ici, que je pourrais confondre.

ULYSSE à *Agamemnon*.

On m'attaque, Seigneur ; c'eft à moi de répondre.
De quoi m'accufe-t-on ? de mon zèle pour vous !
Pour qui l'a recherché, ce reproche eft bien doux.
De mes foins vigilans, Troie enfin fe méfie ;
En voulant me noircir, elle me juftifie.

A Anténor.

Prince ! de nos traités vous blâmez la lenteur ;
Ce délai vous irrite : appelez-m'en l'auteur.
Loin de défavouer un foupçon qui m'honore,
Je veux, même à vos yeux, le confirmer encore.

Lorsqu'envoyé vers nous des remparts d'Ilion,
Vous vîntes, des captifs, nous offrir la rançon,
C'est moi, je l'avoûrai ; moi, dont la prévoyance
Vous avait, de nos Chefs, ôté la confiance.
J'eus mes raisons, Seigneur, que vous n'ignorez pas ;
Et si, de mes conseils, on eût fait plus de cas,
Si l'Armée, à mes vœux, eût daigné condescendre,
On vous eût renvoyé sans vouloir vous entendre.
Eh ! quels sont ces Captifs que vous redemandiez ?
L'élite des Troyens & de leurs Alliés !
Cinq enfans de Priam, l'espoir de la Phrygie !
Une Reine, l'amour & l'effroi de l'Asie !
Leur liberté, Seigneur, vous-même en conviendrez,
Est sans doute au dessus du prix que vous offrez ;
Et, pour m'expliquer mieux, quand on tient de tels gages,
La politique veut qu'on les garde en otages.

A N T É N O R.

O Ciel ! ce que j'entends se peut-il concevoir ?
Des Rois à qui le Ciel a remis son pouvoir,
Oseront-ils braver les droits & la justice ?
Ah ! Seigneur ! cette fois, pourrez-vous croire Ulysse ?

A G A M E M N O N.

Ces intérêts, Seigneur, exigent d'autres temps.
Je dois donner ce jour à des soins importans.
Les Grecs, d'Achille mort, vont disputer l'armure ;
Trop de retardement vous tiendrait lieu d'injure :
Retournez vers Priam. Bientôt, par mes Guerriers,
Je lui ferai savoir le sort des Prisonniers.

Anténor.

Princes ! j'ai donc vers vous rempli mon miniſtère.

A part.

Partons ; mais, avant tout, pénétrons ce myſtère.

Il ſort.

Ulysse.

Seigneur, les Chefs des Grecs portent ici leurs pas.

SCÈNE III.

AGAMEMNON, ULYSSE, *Chefs des Grecs.*

Agamemnon.

Venez, nobles Guerriers, vengeurs de Ménélas !
Teſſandre ; Diomède ; Adraſte ; Idoménée ;
Sténèle, digne ſang du fameux Capanée ;
Et vous, Roi d'Épidaure ; & vous, Roi de Samos ;
Et tout ce que la Grèce a d'illuſtres Héros !
La mort nous a ravi celui dont le courage,
De nos heureux ſuccès, fut le plus ſûr préſage.
Les Dieux dont il ſortait, l'enviaient aux mortels :
Il partage aujourd'hui leur gloire & leurs autels.
Gardons-nous de pleurer le Vainqueur du Scamandre :
L'encens eſt le tribut que l'on doit à ſa cendre.
Son grand cœur nous défend de l'oſer regretter ;
Honorons mieux Achille : oſons tous l'imiter.
A l'envi, cependant, célébrons ſa mémoire ;
Autour de ſon tombeau, combattons pour ſa gloire.

Que la force & l'adreſſe y diſputent l'honneur :
Les armes du Héros ſont le prix du Vainqueur ;
Conſacrons-lui ce jour que les traités nous laiſſent ;
Demain la trève expire, & les dangers renaiſſent.
Sortons ; & que chacun coure ſe préparer.
Dans la lice, avec vous, je veux moi-même entrer.
Mais Ajax vient à nous.

S C È N E I V.

AGAMEMNON, AJAX, *Acteurs précédens.*

A J A X.

Chef des Rois de la Grèce !
Il eſt temps que l'effet ſuive votre promeſſe.
Vous le ſavez ; Ajax a long-temps refuſé
L'ineſtimable don qui lui fut propoſé.
Fier de ſervir les Grecs ſans nulle autre eſpérance,
Il a toujours trompé votre reconnaiſſance.
Mais l'honneur que de vous il attend aujourd'hui,
Eſt digne enfin, Seigneur, & de vous & de lui.
C'eſt l'armure d'Achille où prétend mon courage.
Je dédaigne l'éclat de tout autre avantage.
Le premier de mes vœux me dut être accordé :
J'ai déſiré ce prix, & je l'ai demandé.

A G A M E M N O N.

Prince ! de mes regrets j'avoûrai l'impuiſſance ;
Et quand le Sort s'oppoſe à ma reconnaiſſance,

Je n'aurai point recours aux vains déguisemens :
Un obstacle invincible enchaîne mes fermens.
Tous nos Chefs assemblés par mon ordre suprême,
Vont célébrer des jeux annoncés par moi-même :
Tous y portent l'espoir dont vous êtes épris ; ,
Et les armes d'Achille en font le digne prix.
Mais remettre aux combats le fort de cette armure,
A la valeur d'Ajax ce n'est point faire injure ;
Et si, pour l'acquérir, il faut être vainqueur,
Nul ne peut mieux que lui prétendre à cet honneur.

A J A X.

Écartez ces détours, dont j'entrevois la cause.
Je conçois quel obstacle, à mes désirs, s'oppose.
Votre cœur, contre moi, dès long-temps irrité,
Frémit au souvenir de ma noble fierté.
Mon aspect, en ces lieux, vous rappelle sans cesse
Que je vous disputai l'Empire de la Grèce,
Quand ses Rois, accourus aux bords de l'Eurotas,
Prétendirent venger l'affront de Ménélas.
De là ce sombre accueil, ce front triste & sévère.
D'un refus odieux, faites moins de mystère.
Loin d'être humilié par d'injustes mépris,
Je remonte à leur source, & je m'en applaudis.
Que d'autres, à leur gré, vous vendent leur suffrage ;
Ajax, à ses pareils, ne fait point rendre hommage :
Et quelque titre ici qui vous puisse éblouir,
J'y viens chercher la gloire, & non vous obéir.

A G A M E M N O N.

Pourquoi me rappeler que votre altière audace
Osa jadis, en vain, me disputer ma place ?

Dans Sparte, votre égal ; ici, Chef de vingt Rois ,
J'excuse votre orgueil , & compte vos exploits.
Ils me font oublier un discours qui m'outrage :
Je ne me souviens plus que de votre courage.
Si les armes d'Achille ont de quoi le tenter,
La carrière est ouverte : on peut s'y présenter.
Sortons, Princes !

***

S C È N E V.

A J A X, *seul.*

EH ! quoi ? faut-il que je m'abaisse
A disputer ce prix aux Guerriers de la Grèce ;
Eux qui, dans les horreurs de nos derniers combats,
N'ont souvent fui la mort qu'à l'ombre de mon bras ?....
Mais qu'importe ? écartons un scrupule frivole.
Penthésilée attend l'effet de ma parole :
Allons ; & , fallût-il le disputer aux Dieux,
Par ce nouveau succès, courons plaire à ses yeux.

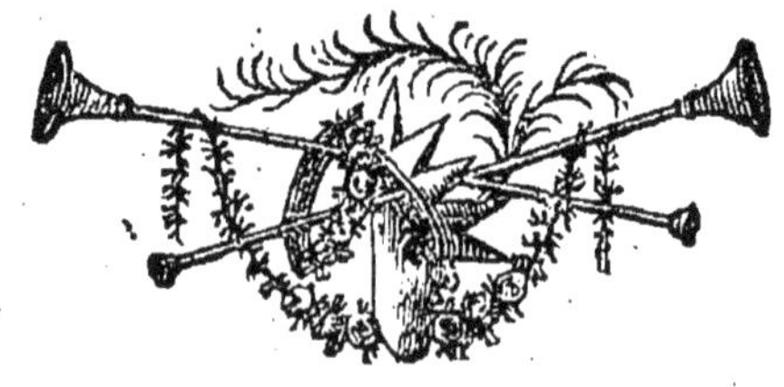

ACTE III.

SCÈNE PREMIÈRE.

PENTHÉSILÉE, HERSILE.

PENTHÉSILÉE.

Hersile, mes regards te cherchaient dans la plaine.

HERSILE.

Quel intérêt pressant vers ces lieux vous ramène ?
L'heureux Ajax si-tôt ?....

PENTHÉSILÉE.

Il touchait au succès.

Il courait à sa perte en servant mes projets.
Son bras, de ses rivaux, confondant l'espérance,
Hâte l'instant fatal, marqué pour ma vengeance.
A peine la trompette éclatait dans les airs,
Et déjà commençaient les funèbres concerts.
Mille & mille Guerriers, excités par la Gloire,
Allaient, d'Achille mort, consacrer la mémoire,
Et disputer entre eux, dans les champs de l'honneur,
L'armure du Héros, destinée au Vainqueur.
Ulysse, Proténor, Adraste, Idoménée,
Brûlaient de signaler cette grande journée ;

Et le bouillant Ajax, de m'obéir, jaloux,
Les mefurait des yeux, & les défiait tous.
Il ne peut contenir fa fière impatience.
Il preffe le fignal, & le combat commence.
Le dirai-je ? on lifait, fur fon front inhumain,
L'efpoir injurieux de s'affervir ma main.....
Combien l'effet, Herfile, eft loin de fon attente !
Va, crois-moi : cet orgueil, cette joie infultante,
Ce long amas d'honneurs & de fuccès divers,
Vont enfin, fur fa tête, appeler les revers.
Déjà l'obfcure brigue ofe noircir fa vie.
J'ai vu dans tous les cœurs la douleur & l'envie.
Ajax eft né fuperbe ; Ajax a contre lui
Tous ces mêmes Güerriers dont fon bras eft l'appui :
Le jaloux Ménélas ; le fougueux Diomède ;
Ulyffe dont la haine a perdu Palamède.
Qu'Ajax triomphe, Herfile, à leurs yeux éperdus :
Encor cette victoire, & je ne le crains plus.
Conçois, de tous les Grecs, quel fera le murmure
Quand d'Achille, à mes pieds, Ajax mettra l'armure.
Peins-toi ce nouveau crime indignant fes rivaux,
Et déjà la Difcorde agitant fes flambeaux.
C'eft parmi ces fureurs, c'eft du fein de ces haines,
Que va luire l'inftant qui doit brifer nos chaînes.
Grace au Ciel ! j'entrevois la fin de nos malheurs ;
Et la Grèce, aux Troyens, va donner des vengeurs.
Anténor cependant devait ici fe rendre ;
De la plaine à l'inftant j'accourais pour l'entendre.....
Toi, ne néglige rien ; va voir de qui le Sort,
Dans ce combat fatal, couronnera l'effort.

Herfile fe retire.

SCÈNE II.

PENTHÉSILÉE, *seule.*

Mais quoi? n'entends-je pas le cri de la Victoire?
Pour qui ces Chants guerriers, confacrés par la Gloire?..
Le fils de Télamon triomphe en ce moment.
C'eft lui.... Dieux! fur fon front, quel trifte abattement!

SCÈNE III.

PENTHÉSILÉE, AJAX.

AJAX.

O Reine! en frémiffant, apprenez ma difgrace.
La Fortune envieufe a trahi mon audace.
Les Dieux n'ont pas permis qu'Ajax pût, devant vous,
S'offrir, couvert du prix dont vos yeux font jaloux.
Un feul de cent rivaux; ô trop fenfible injure!
Un feul, à mes efforts, vient d'enlever l'armure.
Du moins vaillant des Grecs, d'un Guerrier fans honneur,
L'abfence du péril a ranimé l'ardeur.
Ulyffe, de la rufe, a faifi l'avantage;
Et l'adreffe aujourd'hui triomphe du courage.
Non que, d'un plein fuccès, fon effort foit fuivi;
Tout efpoir, à mes vœux, n'eft point encor ravi.
Mais les Dieux entre nous partagent la victoire;
Et je me vois contraint de lui céder ma gloire,

Ou de lui difputer, dans le Confeil des Rois,
La dépouille d'Achille, & le fruit des exploits.

P E N T H É S I L É E.

O Ciel ! qu'ai-je entendu ? quel furprenant langage !
Ajax n'eft point vainqueur !

A J A X.

Je l'avoue avec rage.

Ce jour a fait ma honte ; & mon zèle imprudent,
Dans le plus vil des Grecs, me donne un concurrent.
Daignez, daignez, Madame, affranchir ma promeffe ;
Rougiffez avec moi de l'affront qui me bleffe.
Songez qu'un prix qu'Ulyffe a pu me difputer,
N'a plus rien dont l'éclat ait droit de me tenter.

P E N T H É S I L É E.

Quoi ? vous pourriez fouffrir que ce faible adverfaire
Ravît un bien qu'Ajax a brigué pour me plaire !
Allez, Seigneur, allez dans le Confeil des Rois
Demander cette armure, & défendre vos droits.

A J A X.

Contre Ulyffe ! qui moi ? l'efpérez-vous, Princeffe ?
Pourriez-vous exiger ?....

P E N T H É S I L É E.

Rien, que votre promeffe.

A J A X.

Ah ! donnez-moi, Madame, un plus digne Rival,
Qui du moins, en valeur, puiffe être mon égal.

Épargnez

Épargnez un outrage à ma gloire indignée.....
Récompensez ma foi, trop long-temps dédaignée ;
Et gardez-vous de mettre un prix injurieux
A cet espoir charmant d'un hymen glorieux.
Dans ces délais cruels, je ne sçaurais plus vivre.
Venez ; & qu'aux autels.....

P E N T H É S I L É E.

   Oui, vous pouvez m'y suivre.
Venez, aux yeux des Grecs, m'y jurer votre ardeur :
Portez-y vos sermens ; les miens sont prêts, Seigneur.
Mais ce ne sont plus ceux que vous pouviez attendre ;
Votre cœur sur le mien n'a plus rien à prétendre.
L'éclatant désaveu que je reçois de vous,
Me rend toute à ma gloire, ainsi qu'à mon courroux.
Je vais à ces autels, où la fureur m'entraîne,
Vous faire le serment d'une immortelle haine.
J'attesterai les Dieux de l'invincible horreur
Que ce nouvel affront fait revivre en mon cœur.
Non, ce n'est point à vous que ma main fut promise,
J'en avais fait le prix d'une illustre entreprise.
J'en dus récompenser le plus grand des Héros,
Le fils de Télamon, vainqueur de ses Rivaux,
Le Favori des Dieux, le successeur d'Achille ;
Et non l'Amant timide à ma gloire inutile,
L'Amant faible & sans foi, qui cherche à me trahir ;
Qui semble craindre Ulysse, & n'ose m'obéir.
N'attends plus rien de moi, traître, après ton parjure !
Ce n'est plus à tes soins que je devrai l'Armure ;

C

Tes Rivaux, mieux que toi, rempliront mon espoir :
Pour trouver un appui, je n'ai qu'à le vouloir.
J'exciterai ces Chefs à venger une Reine :
J'épouserai celui qui servira ma haine ;
Celui qui, de mes mains, faisant tomber mes fers,
Abolira ma honte aux yeux de l'Univers.

A J A X.

Oubliez-vous, Madame, en tenant ce langage,
Qu'Ajax impunément ne souffre point d'outrage ?
J'ai droit à votre main ; j'aime ; je suis vainqueur ;
Et je pourrais un jour écouter ma fureur.
Craignez mon désespoir, craignez vos injustices.
C'est trop, c'est trop, cruelle, endurer vos caprices.
Puisque de vous servir je me suis fait la loi,
N'espérez plus d'époux, ni de vengeur, que moi.
Non, non. N'attendez point qu'un autre vous délivre :
Cet honneur m'appartient ; cet espoir doit me suivre.
Quel obstacle, en effet, pourrait ne pas céder
Au désir de vous plaire & de vous posséder ?
Eh ! quel autre Mortel oserait y prétendre ?
Ajax doit seul pour vous, seul peut tout entreprendre.
Ce sont-là les seuls droits que j'ai sur votre cœur :
Me les envîriez-vous ?

P E N T H É S I L É E.

Méritez-les, Seigneur.

A J A X.

N'en doutez point ; je vais, je cours vous satisfaire.

SCÈNE IV.

PENTHÉSILÉE, *seule.*

FORTUNE ! à tous mes vœux, Divinité contraire ;
Toi qui du Sort aveugle accomplis les décrets ,
Jufqu'à quand prétends-tu traverfer mes projets ?
Ne te laffes-tu point de tenter mon courage ?
Perdrai-je encor l'efpoir dont fe repaît ma rage ?....
Mais que dis-je ? eft-ce à moi d'accufer les Deftins ?
Je viens de les foumettre à mes heureux deffeins.
O Sort ! j'ai fu fixer ta fatale inconftance.
A ton gré déformais fais pencher la balance :
Ton caprice incertain ne fçaurait me tromper ;
Et ma vengeance enfin ne peut plus m'échapper.
Si tu fais vaincre Ajax ; à trop de haine en butte ,
L'orgueil de fon fuccès me répond de fa chute :
Ou fi le choix des Grecs couronne fon Rival ,
De tous mes ennemis voici le jour fatal.
Déjà, dans tous les rangs , je vois la Mort errante ;
Et les fureurs d'Ajax vont paffer mon attente.....
Anténor ne vient point ; qui peut le retarder ?
C'eft lui-même !.... que vois-je ? il craint de m'aborder.
Ah, Prince ! quel effroi femble ici vous furprendre ?

S C È N E V.

PENTHÉSILÉE, ANTÉNOR.

A N T É N O R.

JE frémis des malheurs que je viens vous apprendre.
Comment vous annoncer ces revers inouis !

P E N T H É S I L É E.

N'héſitez point..... mon cœur les a tous preſſentis !
Parlez ; quels ſont les coups que le Sort nous prépare ?

A N T É N O R.

Condamnés en ſecret par un arrêt barbare ,
Les captifs Phrygiens , aux combats échappés ,
Bientôt du coup mortel vont tous être frappés.

P E N T H É S I L É E.

Dieux !

A N T É N O R.

    Un Prêtre inhumain vient d'ordonner la fête ;
Et le glaive , & l'autel , & le bûcher s'apprête.
Un Grec, que j'épargnai dans nos derniers combats ,
M'a dévoilé l'abîme entr'ouvert ſous vos pas.
C'eſt de lui que je tiens ce ſecret redoutable.
Ulyſſe oſe appuyer ce complot déteſtable.

Demain, la Politique & la Religion
Scèlent du sang Troyen leur coupable union.

PENTHÉSILÉE.

Et les foudres vengeurs suspendent leur justice !
Et le Ciel souffrirait cet affreux sacrifice !

ANTÉNOR.

Madame, je suis seul : mais pour sauver vos jours,
Ces jours dont Troie entière attendait son secours,
S'il ne faut que braver le sort le plus funeste.....

PENTHÉSILÉE.

Je vous entends, Seigneur ; épargnez-vous le reste.
Je rends grace à vos soins, dont l'effort généreux
S'offre à me garantir d'un destin rigoureux.
Laissez trancher des jours qu'assiége trop d'envie.
Tant qu'a vécu Memnon, j'ai pu chérir la vie ;
Le trépas m'eût alors fait sentir ses rigueurs :
Je n'y vois aujourd'hui qu'un terme à mes douleurs.

SCÈNE VI.

PENTHÉSILÉE, ANTENOR, HERSILE.

PENTHÉSILÉE.

APPROCHE : c'est ici qu'il faut périr, Hersile !
Notre sang va couler sur la tombe d'Achille :

AJAX,

C'était-là ce malheur qui nous menaçait tous.

HERSILE.

Madame ! j'en sais un plus terrible pour vous.
Memnon.....

PENTHÉSILÉE.

Memnon, dis-tu ? Ciel ! où tend ce langage ?
Memnon.....

HERSILE.

Reine, armez-vous de tout votre courage.
L'époux dont votre amour a pleuré le trépas.....

PENTHÉSILÉE.

Il vit ?....

HERSILE.

Il va périr sous le fer de Calchas.

PENTHÉSILÉE.

Hersile ! soutiens-moi ; la force m'abandonne !.....
Mais comment croire, ô Dieux ! ce récit qui m'étonne ?
Qui t'a dit qu'il respire, & qu'il soit en danger ?

HERSILE.

Les fers dont à mes yeux on allait le charger.

PENTHÉSILÉE.

A Anténor.

Est-ce assez, Dieux cruels ?.... Ah ! Prince magnanime !
Vous que je vois gémir du malheur qui m'opprime,

Vous dont mon imprudence a refusé l'appui ,
J'accepte vos fecours , non pour moi , mais pour lui.
Toi , pourfuis....

HERSILE.

Dans fa route Hippodamas le guide ;
Sa marche avait trompé tous les Guerriers d'Atride ;
Jufque vers ces cyprès il avait pénétré :
Mais au quartier d'Adrafte à peine il s'eft montré ,
Soudain mille clameurs dans les airs retentiffent.
Nul ne le reconnaît ; mais tous ils l'inveftiffent.
On l'entraîne ; j'accours à leurs cris redoublés :
Memnon me voit , m'appelle.....

PENTHÉSILÉE.

Eh ! qu'a-t-il dit ?

HERSILE.

Tremblez.

PENTHÉSILÉE.

Prends pitié de mon trouble ; achève.... je friffonne !
N'importe , apprends-moi tout.

HERSILE.

Sachez qu'il vous foupçonne.
Jufque dans Ilion un récit impofteur
Vous dépeignit fenfible aux feux de fon Vainqueur.
En proie à ce dépit , dans l'erreur qui l'entraîne ,
Il venait s'immoler lui-même à votre haine.

C iv

Un mouvement jaloux excite ce transport :
Memnon vous croit coupable , & vient chercher la mort.

P E N T H É S I L É E.

Qu'entends-je ? à cet affront je serais condamnée !
Hersile , je mourrais de Memnon soupçonnée ! . . . .
Allons ; il faut de lui savoir mon attentat :
Il faut le voir. Viens , cours , guide-moi vers l'ingrat.
Je veux lui reprocher ce soupçon qui me tue ;
Le forcer d'en rougir , & mourir à sa vue.

A N T É N O R.

O Reine ! à quels dangers courez-vous vous offrir ?
Faut-il vous immoler parce qu'il veut périr ?
De toutes parts ici la mort vous environne.
Suivez mes pas ; venez avec cette Amazone.
Fier de sauver vos jours , j'exposerai les miens :
Marchons par cette route aux remparts Phrygiens.

P E N T H É S I L É E.

Anténor ! est-ce à moi que ce discours s'adresse ?
Moi, trahir à la fois ma gloire & ma tendresse !
Abandonner Memnon aux rigueurs de son sort ;
Et me couvrir de honte en évitant la mort !
Renfermez ces conseils que je ne sçaurais suivre.
Qui peut fuir le trépas , mérite peu de vivre :
Je veux , même aux autels , l'attendre & le braver.
Je veux avec Memnon me perdre où me sauver.

ANTÉNOR.

Eh bien ! hafardons tout : frappons qui nous menace.
Le défefpoir nous refte ; il fuffit à l'audace.
Soulevons les captifs ; allons femer entre eux
La nouvelle & l'horreur d'un facrifice affreux.
Par de juftes fureurs conjurons la tempête.
Troublons l'efpoir des Grecs : renverfons fur leur tête
Cet oracle fanglant de l'Enfer en courroux.

PENTHÉSILÉE.

Ah ! voilà les confeils que j'attendais de vous......
Mais, Prince ! qu'efpérer de cette audace altière ?
Que pouront cent captifs contre une armée entière ?

ANTÉNOR.

Ils tromperont Calchas.....

PENTHÉSILÉE.

        Trifte fruit de nos foins !
A Calchas échappés, en périront-ils moins ?....
Ne précipitons rien ; voyons venir l'orage.
Appelons la Prudence au fecours du Courage.
C'eft demain qu'à l'autel on doit nous immoler ;
Demain la trève expire, & le fang doit couler :
Seul de nous, libre encor, fuyez ce lieu coupable.
Courez peindre aux Troyens le fort qui nous accable.
Qu'un Peuple de Guerriers fur vos pas foit conduit :
Armez leurs bras vengeurs dans l'ombre de la nuit.
Que mes cris foient pour eux le fignal du carnage ;
Que le Soleil, levé fur ce fatal rivage,

Éclairant, de Calchas, les projets confondus ;
Cherche le camp des Grecs, & ne le trouve plus !

ANTÉNOR.

Je vois, je reconnais, j'entends Penthésilée !
Sa vertu par le Sort ne peut être ébranlée :
Je pars, & suis pour guide un présage si beau.
Rassurez nos amis dans cet effroi nouveau.
Des Troyens indignés je cours armer la haine.
De retour en ces lieux, je brise votre chaîne ;
J'assiége, dans leur camp, les Grecs épouvantés,
Et délivre à jamais ces bords ensanglantés.

PENTHÉSILÉE.

Partez, Seigneur..Suivez un projet si sublime.
De Pergame à jamais assurez-vous l'estime.
Cherchez la Renommée. Ah ! combien ses cent voix,
Vont remplir l'Univers du bruit de vos exploits !

SCÈNE VII.

PENTHÉSILÉE, ANTÉNOR, HERSILE, MEMNON.

PENTHÉSILÉE.

CIEL ! c'est Memnon, c'est lui !

MEMNON.

C'est moi-même, perfide.
C'est ton époux vainqueur des cohortes d'Atride.

Il m'en coute un ami ; trop brave Hippodamas,
La Fortune a trahi les efforts de ton bras.
Plus malheureux que toi, resté dans la carrière,
Je vis, pour détester la céleste lumière.

PENTHÉSILÉE.

A la mort échappé, je retrouve Memnon !

MEMNON.

Il n'en est plus pour toi, depuis ta trahison.

PENTHÉSILÉE.

Qui ? moi ! je trahirois un époux magnanime !

MEMNON.

Tout le camp t'en acccuse ; & ce bruit fait ton crime.

PENTHÉSILÉE.

Pour qui t'ai-je trahi ?

MEMNON.

Le fils de Télamon
Me chasse de ton cœur, & remplace Memnon.

PENTHÉSILÉE.

Frappe, si tu le crois..... Ta main hésite encore !

MEMNON, *ému.*

Tu sais si je t'aimai.

PENTHÉSILÉE.

Tu sais si je t'adore,

Quoi ? je fuis foupçonnée, & tu connais mon cœur !

MEMNON, *au comble du trouble.*

Non ; je lis dans tes yeux, & j'y vois mon erreur.

ANTÉNOR.

Ah ! Prince ! à quel excès s'égare un grand courage !
Venez-vous donc ici détruire notre ouvrage ;
Et, complice du Ciel qui févit contre nous,
Ajouter aux fléaux dont s'arme fon courroux ?
Quel odieux foupçon troublait votre belle ame !

MEMNON.

J'ai trop cru de vains bruits.

ANTÉNOR.

　　　　　　　　Vous doutiez de fa flamme !
Quand fon zèle pour vous, quand fon amour jamais
A-t-il fait éclater de plus généreux traits ?
Mais croyez Anténor. Oui, Prince, oui, moi-même,
Je cours dans Ilion, par fon ordre fuprême,
Armer les Alliés que guide votre bras.
Venez les rappeler à de nouveaux combats.
C'eft moi qui vous conduits ; moi dont la foi certaine
Vous répond, en ce jour, de celle de la Reine.
Savez-vous quel péril environne fes jours ?
Qu'un Oracle barbare en a profcrit le cours ?
Que tandis qu'Ajax feul eft l'appui qu'elle efpère,
Loin de foufcrire aux vœux de ce Dieu tutélaire,

La Reine chaque jour fidèle à l'outrager,
Irrite sa colère, afin de vous venger ?

M E M N O N, à Penthésilée.

O par quel repentir, quels désaveux sincères,
Puis-je expier jamais des soupçons téméraires !
Ton cœur me promet-il de les mettre en oubli ?

P E N T H É S I L É E.

Sauve tes jours, Memnon, ton crime est aboli.
Conserve-les, ces jours, pour les couvrir de gloire.
Reparais en ces lieux suivi de la Victoire.
Les prisonniers Troyens sont voués au trépas :
Reviens, tous, nous soustraire aux couteaux de Calchas.

M E M N O N.

Tu feras obéie. Allons, cher Anténor ;
Guidez-moi vers les murs que défendait Hector.
L'Ombre de ce Héros pour eux encor milite :
De ses braves Soldats courons armer l'élite.
Revenons avec eux ravir aux coups du Sort
Nos braves Compagnons investis par la Mort.
Mettons le camp des Grecs, mettons leur flotte en poudre;
Et qu'ils soient, de l'éclair, avertis par la foudre.

Ils sortent.

P E N T H É S I L É E.

Grands Dieux, inspirateurs de si nobles transports,
Dieux Troyens, secondez mes vœux & leurs efforts.

Et nous, confultons bien ce qui nous refte à faire.
Ajax, plus que jamais, me devient néceffaire :
Voyons de fes fureurs quel fruit on peut tirer,
Et de l'Armure encor ce qu'il faut efpérer.

ACTE IV.

SCÈNE PREMIÈRE.

AGAMEMNON, EURYBATE.

EURYBATE.

Oui, Seigneur ; à travers la ténébreuse horreur,
Qui de ces bois sacrés couvre la profondeur,
Cinq cents Guerriers Troyens s'avançaient en silence.
On dit qu'ils méditaient une affreuse vengeance.
Le perfide Anténor, ce Chef qui les conduit,
Pour fondre sur ce camp, n'attendait que la nuit.
La prudence d'Ulysse a percé ces mystères.
Repandus dans ce bois, ses secrets émissaires
Ont reconnu le piége & l'en ont averti.
Lui-même il est allé surprendre ce parti.
Quelque temps, mais en vain, ils osent se défendre :
Accablés sous le nombre, & forcés de se rendre,
Ils sont tous dans nos fers.

AGAMEMNON.

           Eurybate, il suffit.
Je reconnais sans peine Ulysse à ce récit.
Combien de fois son zèle a conservé la Grèce !
C'est un Chef éclairé, dont l'active sagesse

Eſt, dans les maux preſſans qui menacent l'État,
Ce qu'eſt le bras d'Ajax en un jour de combat.

SCÈNE II.

AGAMEMNON, AJAX, ULYSSE,
Chefs des Grecs, Suite.

AGAMEMNON.

Les voici, ces Rivaux que partage la gloire.
Aux Chefs.
Venez, Princes, Guerriers, Juges de la victoire !
C'eſt à vous de fixer ce différent fameux
Que le Sort même a craint de décider entre eux.
Pour juger leurs exploits, les vôtres ſont vos titres.
Au défaut du Deſtin, ſoyez donc leurs Arbitres ;
Mais ſongez que la Grèce, & que tout l'Univers,
Sur vous, comme ſur eux, tiennent les yeux ouverts.

AJAX.

Vous qui me réduiſez à cet excès d'outrage,
Avant de m'écouter, contemplez ce rivage.
Sur quels bords êtes-vous ? les efforts de mon bras,
A vos regards, ô Grecs ! s'offrent à chaque pas.
Et dans ces mêmes lieux, témoins de mes ſervices,
Vous ne rougiſſez pas de m'oppoſer Ulyſſes ?
Ah ! contre vos vaiſſeaux, ces traits, ces feux lancés,
Eſt-ce Ulyſſe, ou moi ſeul, qui les ai repouſſés ?

Prêterez-

Prêterez-vous l'oreille à ses discours frivoles ?
Sans doute il est aisé d'être brave en paroles.
L'Orateur sans péril moissonne un vain laurier.
C'est un talent du faible, inconnu du Guerrier.
Je méprise cet art ; & pour toute science,
Des siéges, des combats j'ai fait l'expérience.
Voilà par quels travaux j'aime à me signaler.
Ajax ne sait qu'agir ; Ulysse, que parler.
Ajax a combattu, nul de vous ne l'ignore ;
Mais que sait-on d'Ulysse, & qu'a-t-il fait encore ?
Qu'il parle ; & prouve enfin ces services rendus,
Ces combats, ces exploits, que personne n'a vus.
Quoi ? n'aura-t-il jamais, de sa gloire suprême,
Pour témoins, que la nuit ; pour garans, que lui-même ?
Sur les armes d'Achille il pense avoir des droits :
Il aspire à ce prix ; mais où sont ses exploits ?
Que dis-je ? quel besoin d'insister davantage ?
Déjà de la dispute il a tout l'avantage.
Non, Grecs ! de ce débat, quel que soit le succès ;
Je n'en puis plus sortir, qu'avili pour jamais.
Eh ! de quel prix pour moi serait une victoire,
Dont Ulysse à vos yeux me dispute la gloire ?
Ainsi, des deux côtés, mon opprobre est égal.
Je m'estime vaincu, puisqu'il est mon rival.

U L Y S S E.

O Grecs ! si le courroux de la Parque sévère,
A vos vœux, comme aux miens, eût été moins contraire,
Libres du triste soin qui nous a rassemblés,
Et par Achille encore au Scamandre appelés,

D

A l'ombre de fon bras, nous pourrions, fans alarmes,
Jouir de fes exploits, comme lui de fes armes.
Mais les Dieux pour jamais nous ôtent fon appui.
Voici de ce Héros ce qui refte aujourd'hui :
Un trophée immortel, & cette Armure infigne.
Puifqu'Achille n'eft plus...... qui feul en était digne,
Que votre choix du moins ofe juftifier
Quiconque déformais peut s'en croire héritier.
Eh ! qui mérite mieux cette gloire fuprême,
Qu'un Prince, qu'un Guerrier, dont l'heureux ftratagême
Sut découvrir Achille, &, du fein du repos,
Sous les drapeaux de Mars, entraîna ce Héros ?
Oui, Grecs, vous me devez tout ce qu'a fait Achille.
Son courage, fans moi, fût demeuré ftérile.
Dans un loifir obfcur, la craintive Thétis
A la Cour de Scyros avait caché fon fils.
Du fèxe que feignit fon adroite impofture,
Il avait la molleffe, ainfi que la parure ;
Et, d'un frivole amour, le charme féducteur,
Aux pieds d'une maîtreffe, enchaînait ce Vainqueur.
Ajax lui-même en vain le cherche en cet afile ;
Sous l'habit d'une femme, il méconnaît Achille.
Lui, qui, par des foupirs indignes d'un Héros,
Souille à nos yeux fa gloire, & trente ans de travaux ;
Alors, n'ofait penfer qu'un Prince magnanime,
Charmant, jeune, adoré, pût foupirer fans crime.
D'Achille cependant j'obfervais les regards.
J'offre à fes pieds mes dons confufément épars.
Tandis qu'à ces objets la Cour eft occupée,
Achille, Achille feul y remarque une épée.

Il s'écrie, il s'élance, il s'en arme foudain.....
Et moi, je le faisis de cette même main :
» Suis-nous (lui dis-je alors), viens fecourir la Grèce.
» Fils des Dieux ! eft-il temps d'écouter la Tendreffe ?
» C'eft à toi de venger le crime de Pâris :
» Et Bellone t'appelle aux bords du Simoïs «.
Je parlais ; ce Héros, qui reconnaît la Gloire,
Me regarde, rougit, & court à la Victoire.
Il traverfe les mers, il furprend Ténédos,
Il affiége Lyrneffe, & ravage Lesbos.
De là, chargé d'honneurs, & d'une immenfe proie,
Tel qu'un foudre vengeur, il paraît devant Troie.
Tout fuyait au feul nom d'Hector victorieux :
Achille immole Hector, & fait changer les Dieux.
O Grecs ! voilà mes droits, & voilà mes fervices.
Qu'a-t-on fait fans Achille..... ou plutôt, fans Ulyffes ?
Hector eft fous la tombe : Achille eft un Héros ;
Mais, contraint par moi feul, il partit de Scyros.
Sa gloire, fes lauriers, c'eft de là qu'ils lui viennent.
Ainfi que vos fuccès, ces armes m'appartiennent.

A j A x.

Oui, Grecs ! tels font fes droits ; qui le fait mieux que lui ?
Eh ! qu'a-t-il à citer, que les exploits d'autrui ?
Lui-même il en convient ; fon bras a befoin d'aide :
Il lui faut, pour agir, Achille ou Diomède.
Pour moi, jaloux du prix qu'un vrai courage obtient,
Je n'eftime un laurier, qu'autant qu'il m'appartient.
Mais de quel front, grands Dieux ! ofe-t-il peindre Achille
Languiffant à Scyros dans un obfcur afile ?

Eh ! peut-on fans furprife entendre ce difcours
De ce même Guerrier, qui, tremblant pour fes jours,
Contrefit l'infenfé par une rufe infame,
Et qu'il fallut de force amener à Pergame ?
O Grecs ! donnerez-vous ces traits, ce bouclier,
A celui d'entre vous qui s'arma le dernier ?
Retracez-vous fa honte & fa fuite coupable.
Rappelez-vous le jour & le lieu mémorable,
Où, protégés du Ciel, & guidés par Hector,
Les Troyens, dans leur choc, entraînèrent Neftor.
Neftor appelle Ulyffe en ce péril extrême ;
Mais Ulyffe fuyait, & tremblait pour lui-même.
Diomède indigné, le voit, retient fes pas,
L'entraîne, &, malgré lui, le ramène aux combats.
Cependant la Victoire, achevant fon ravage,
Pouffe Hector dans nos rangs, immolés par fa rage.
L'impitoyable Mort lui frayait les chemins,
Et la foudre en éclats s'élançait de fes mains.
J'accours ; je trouve Ulyffe abandonnant fes armes ;
Ulyffe, dont les cris témoignaient les alarmes.
Soudain je vole à lui, tranfporté de courroux,
Frémiffant de l'affront dont il nous couvrait tous.
Je m'expofe aux fureurs de la Parque homicide ;
J'écarte le trépas de fa tête timide ;
Et devant lui j'élève un vafte bouclier,
Dont le triple contour l'ombrageait tout entier.
Délivré du péril, mais non pas de la crainte,
Ulyffe, de cent traits, me voit braver l'atteinte.
Lui-même il fut préfent, lorfqu'Hector, repouffé,
Fut, fous un poids énorme, à mes pieds renverfé....

Ah, Grecs ! fi cette Armure eft le prix du courage ,
Qu'on nous ramène encor dans le champ du carnage.
Qu'au milieu des Troyens foient portés à l'inftant
Ulyffe & fon Rival, & ce prix éclatant ;
Et qu'à l'ombre du bras qui lui fervit d'afile ,
Il m'ofe difputer l'héritage d'Achille.

U L Y S S E.

Amis, Princes, Guerriers, qu'indigne un tel difcours !
Souffrirez-vous qu'Ajax vous infulte toujours ?
Ne confondrez-vous point cet orguéil qui vous bleffe ?
Lui feul, s'il faut l'en croire, aura vengé la Grèce.
Redevables de vaincre à fes généreux foins ,
Vous n'aurez, de ce fiége, été que les témoins.
Ainfi c'eft vainement qu'aux deux pôles du monde ,
On vante votre gloire en triomphes féconde.
Sans Ajax en effet connaîtrait-on encor
Proténor, Mérion, Diomède & Neftor ,
Et le fecond Ajax, fi brave & plus modefte ,
Et tous ces Rois foumis aux neveux de Thiefte ?
Après leur nom fameux, je dois taire le mien ;
Mais qu'Ajax le demande au rivage Troyen ;
Qu'il interroge enfin , s'il veut connaître Ulyffe,
Cette même Pallas , à mes travaux propice ;
Ces lieux encor fumans du fang de Noémon ;
Les manes de Rhéfus , & l'ombre de Dolon.
Ajax à tous les Grecs prétend-il faire outrage ?
Penfe-t-il avoir feul la valeur en partage ?
Tous ces Rois, comme lui , connus par leurs travaux ,
N'ont-ils pas mérité ce grand nom de Héros ?

D iij

Sur ce titre commun, s'il fonde son attente,
Si la seule bravoure est ici suffisante,
Que tardons-nous encor ? de ce superbe prix,
Entre tous nos Guerriers, disperfons les débris.
Mais lui-même en ses vœux, fait-il ce qu'il désire ?
Connaît-il cette Armure où son orgueil aspire ?
Sur ces métaux divins, les Arts ingénieux
Tracèrent les contours de la Terre & des Cieux.
Tout s'y peint : l'Océan renfermé dans ses rives,
Les climats, les saisons, les heures fugitives,
Les changemens du Monde, & ses âges divers,
Et les ressorts secrets qui meuvent l'Univers.
Quel tableau pour Ajax ! à ses regards sévères,
Tous ces trésors de l'Art font autant de mystères.
Quel charme aura pour lui, dans l'horreur des combats,
Ce tissu merveilleux qu'il ne comprendra pas ?

A J A X.

Ai-je assez supporté ton audace indiscrette ?
Et vous, Grecs, votre joie est-elle enfin complette ?
Avez-vous à loisir observé de quel front
Je soutiens un reproche, & j'endure un affront ?....
Je n'ajoute qu'un mot, c'est à vous qu'il s'adresse :
Par dix ans de travaux, j'ai secouru la Grèce ;
Mon nom seul fait encor la terreur des Troyens :
Cette Armure m'est due..... & si je ne l'obtiens,
Si votre injuste choix trahit mon espérance,
Si dans ce jour Ulysse emporte la balance,
Ce jour même aux combats me verra renoncer.
J'ai dit : je me retire, & vous laisse y penser.

Il sort.

S C È N E   I I I.

A G A M E M N O N ,   U L Y S S E ,
Chefs, Suite.

U L Y S S E.

Grace au Ciel ! mon Rival s'arme contre lui-même.
Il n'a pu contenir son arrogance extrême.
Sa haine contre vous n'a plus rien de secret :
Qui vous menace ainsi, vous servit à regret.
Quels superbes adieux lui dictait son audace !
Et comme, en nous bravant, il a quitté la place !
Mais que penseriez-vous, si j'osais, à vos yeux,
Développer d'Ajax les complots odieux ?
Ce trésor si brigué, cette Armure divine,
A qui soupçonnez-vous que son cœur les destine ?
Acheverai-je, ô Grecs ! où ma bouche à jamais
Doit-elle vous cacher ces funestes secrets ?
Mais l'injure vous touche, il faut donc vous l'apprendre.
Frémissez de l'aveu que vous allez entendre.
Ces armes dont le sort est remis en vos mains,
Présens d'une Déesse, & l'effroi des humains ;
Ces armes d'où dépend la conquête de Troie ;
Ajax, de sa captive, en veut faire la proie.
Dans les yeux d'une Scythe, il puise dès long-temps
L'amour du nom Troyen, l'oubli de ses sermens.
Mon Rival, d'une femme adorateur servile,
Ne brûle d'usurper l'héritage d'Achille,

D iv

Que pour courir soudain, de son esclave épris,
Lui porter cette Armure, & lui plaire à ce prix.....
Compagnons ! au récit de sa lâche entreprise,
Je lis sur votre front votre juste surprise.
Vos suffrages pour moi se réuniffent tous :
Je triomphe d'Ajax, & Minerve est pour nous.
Guerriers Ithaciens, qu'illustre ma victoire !
Enlevez ce trophée, & partagez ma gloire.

Il enlève l'Armure, & fort avec sa Suite.

SCÈNE IV.

AGAMEMNON, *Chefs, Suite.*

AGAMEMNON.

PRINCES ! ce jugement que vous avez rendu,
Ce choix libre, unanime, & que j'avais prévu,
En couronnant l'espoir & le zèle d'Ulysse,
Nous assure à jamais ses importans services.
Le Destin cependant nous afflige aujourd'hui ;
En nous privant d'Ajax, il nous ôte un appui.
Je dois cette justice à son courage insigne....
Si des regrets sont dus à qui s'en rend indigne !
Cet Ajax, après tout, si fier, si courroucé,
Aisément, parmi nous, peut être remplacé :
Et le moindre Soldat qui combat pour la Grèce,
Est plus grand à mes yeux, sans titre & sans noblesse,

Que tous ces demi-Dieux qu'éblouit leur pouvoir,
Et qui mettent l'orgueil à trahir leur devoir.

SCÈNE V.

AGAMEMNON, *Chefs*, EURYBATE.

EURYBATE.

Pour vous communiquer des secrets d'importance,
Seigneur, Ulysse attend votre auguste présence.
Nestor & Dioměde accompagnent ses pas;
Ils ont pris le chemin des tentes de Calchas:
Je les ai rencontrés vers la prochaine rive.

AGAMEMNON.

Je t'entends..... mais d'Ajax que nous veut la captive?

SCÈNE VI.

AGAMEMNON, *Chefs*, PENTHÉSILEE.

PENTHÉSILÉE.

Puissant Roi de Mycène; & vous, Grecs assemblés,
Superbes destructeurs de ces bords désolés!
J'offre à vos yeux surpris cette Reine guerrière,
Que le sort des combats fit votre prisonnière.
Heureuse si le jour qui me mit en vos mains,
Eût terminé ma vie, & rempli mes destins!

A fléchir devant vous, rien n'a pu me contraindre.
J'ai vu mes maux sans trouble, & sur-tout sans me plaindre.
J'espérois, libre encore au milieu des revers,
Maîtriser le Sort même, & régner dans les fers.
Mais les Dieux, je l'avoue, ont vaincu mon courage.
Oui, Grecs ! de ce moment, je sens mon esclavage.
Des Guerriers malheureux, qu'intéressaient mes jours,
Attirés par mes cris, volaient à mon secours.
Ils couraient s'immoler pour venger mes injures :
L'impitoyable Ulysse a trompé leurs mesures.
Renfermés, par son ordre, en des lieux souterrains,
Déjà d'indignes fers on a chargé leurs mains.
J'ose vous faire entendre une voix gémissante.
Pour la première fois, je deviens suppliante.
De ces nobles captifs, j'ai plaint le sort affreux :
J'implore des vainqueurs, sans doute, généreux.
Et puisque l'intérêt de votre Europe entière
Demande qu'en ces lieux je reste prisonnière,
Tout l'or dont ma rançon vous flatta vainement,
Pour briser leurs liens, je l'offre en ce moment.
Je sacrifierai tout. Qu'ils sortent d'esclavage :
Je reste dans vos fers, & vivrai votre otage.
A mon trône, aux combats, je renonce à jamais.
Renvoyez ces captifs, & mes trésors sont prêts.

A G A M E M N O N.

Reine ! où tend ce discours que j'ai peine à comprendre ?
Que me proposez-vous, & qu'osez-vous prétendre ?
Par cette offre superbe, & qui doit m'irriter,
Est-ce Atride, ou les Grecs, qu'on prétend insulter ?

Quoi ? tandis que Pâris, ravisseur téméraire,
Retient dans son palais la femme de mon frère,
Vous parlez de présens : vous pensez, par des dons,
Expier les forfaits, racheter les affronts ;
Et des Grecs immolés sous le fer homicide,
Mettre le sang à prix par un traité sordide ?
Non, non. La mort d'Achille, & son Ombre en courroux
A rompu désormais tout commerce entre nous.
Les Alliés de Troie auront part à sa peine :
Nulle paix, nul accord, qu'en nous rendant Hélène :
N'en espérez point d'autre..... & quant à ces Guerriers,
Ils suivront le destin des autres prisonniers.

PENTHÉSILÉE.

Dieux ! à quel traitement doivent-ils donc s'attendre ?

AGAMEMNON.

Madame, Calchas seul a droit de nous l'apprendre.
Par le Ciel, & par lui, leur sort est arrêté.

PENTHÉSILÉE.

Ah ! je le prévois trop cet arrêt détesté,
Cet oracle inhumain.....

AGAMEMNON.

Reine ! quel qu'il puisse être,
Quand il en sera temps, vous le pourrez connaître.

Il sort.

SCÈNE VII.

PENTHÉSILÉE, *seule.*

CRUELS ! ainsi des Dieux vous empruntez la voix,
Pour braver leurs autels, & profaner leurs droits !
Ce Sacrifice affreux, cette exécrable Fête,
Non, ce n'est point le Ciel, c'est Calchas qui l'apprête.
Où suis-je ?..... quoi, Memnon va périr sans secours !
Que faire ? où m'adresser ? comment sauver ses jours ?

SCÈNE VIII.

PENTHÉSILÉE, HERSILE.

PENTHÉSILÉE.

HERSILE ! c'en est fait : le Sort qui nous accable,
A réveillé des Grecs la haine inexorable.
Instruite en quels périls se retrouve Memnon,
J'ai tombé..... l'avoûrai-je ? aux pieds d'Agamemnon !
Ma douleur m'égarait : & ma mourante bouche
A presque révélé le secret qui me touche.
J'ai prié, j'ai pressé ; je n'ai rien obtenu.
Mais parle : dans ce camp, que fait-on, qu'as-tu vu ?

HERSILE.

J'ai vu le fier Ajax transporté de colère.
Il jurait d'immoler un Rival téméraire.

Ses yeux étaient armés de feux étincelans ;
Il roulait fur les Grecs des regards foudroyans :
Sur-tout , il déteftait fa dernière entreprife.

PENTHÉSILÉE.

Herfile ! que dis-tu ?.... mais quelle eft ma furprife ?
L'Armure a difparu !

HERSILE.

Pouvez-vous ignorer
En quelles mains les Grecs viennent de la livrer ?
Contre les vœux d'Ajax aujourd'hui tout confpire :
Ulyffe a triomphé.

PENTHÉSILÉE.

Grace au Ciel , je refpire !

HERSILE.

Reine ! eh ! qu'efpérez-vous de cet évènement ?

PENTHÉSILÉE.

Notre falut , Herfile ! eft sûr , de ce moment.

HERSILE.

Ciel ! que me dites-vous ? fe peut-il ?.... mais , Madame ,
Quel changement foudain s'eft paffé dans votre ame ?
Un calme heureux fuccède à votre ennui profond.
Quelle férénité brille fur votre front !

Je lis dans vos regards un fortuné préfage ;
Et votre feul afpect me remplit de courage.
Daignez de vos projets vous ouvrir à ma foi.
Quels périls avec vous faut-il tenter ?

P E N T H É S I L É E.

Suis-moi.

ACTE V.

SCÈNE PREMIÈRE.

AJAX, ARCAS.

AJAX.

ARCAS ! tu vois ma rage & mon ignominie.
Où fuir, où me cacher après cette infamie ?
Suis-je affez avili, fuis-je affez confondu ?
Un autre a remporté le prix qui m'était dû !
J'ai vécu trop d'un jour, & c'eft fait de ma gloire.
Me voilà devenu l'opprobre de l'Hiftoire.
Ulyffe m'a rendu, par d'indignes moyens,
La fable de la Grèce, & celle des Troyens.
Ce font-là de tes coups, Deftinée outrageufe !
Ajax eut en partage une ame courageufe,
De toute fervitude, ardente à s'affranchir,
Incapable de feindre, ainfi que de fléchir.
Ofe me démentir, Deftin ; voilà mon crime.
J'ai fait voir à la Grèce un cœur trop magnanime.
Je meurs couvert de honte, au déshonneur livré......
Mais lâche, mais rampant, je vivrais honoré.

ARCAS.

Seigneur ! ah ! penfez-vous qu'une ligue unanime
Vous enlève, des Grecs, & l'amour, & l'eftime ?

De tous les cœurs enfin vous croyez-vous proscrit ?
Contemplez d'un autre œil ce choix qui vous aigrit.
Votre gloire est entière. Eh ! qu'importe qu'Ulysse
D'un odieux triomphe en secret s'applaudisse ;
Qu'il entraîne à son gré le suffrage des Rois ?
Peut-il vous dérober l'honneur de vos exploits ?
Des caprices du Sort, la Vertu dépend-elle ?
L'infortune lui prête une splendeur nouvelle.
Télamon, comme vous, des Dieux persécuté,
Ne dut qu'à ses revers son immortalité.
Quel tort vous fait, Seigneur, un injuste adversaire ?
Etes-vous moins des Grecs le Héros tutélaire ?
Quel autre appui par nous pourrait être imploré ?

A J A X.

Non. Ne me flatte plus ; je suis déshonoré.
Que manque-t-il encor à mon malheur extrême ?
Ah ! puis-je sans frémir m'envisager moi-même ?
Dieux ! quels égaremens ! que d'outrages divers !
J'ai creusé de mes mains l'abîme où je me perds.
Trop funeste clarté, pourquoi viens-tu me luire ?
Une indigne Maîtresse, obstinée à me nuire,
A juré ma ruine..... & ma fatale erreur,
Et ma folle tendresse ont servi sa fureur !
Voilà, voilà le piége où m'attendait sa haine.
Je reconnais ses coups, quand ma perte est certaine.
Car ne crois pas qu'Ajax survive à cet affront :
J'en mourrai, cher Arcas..... mais d'autres me suivront.
Commençons, dès ce jour, à punir la cruelle.
Allons lui déclarer l'horreur que j'ai pour elle.

Vengeons-

Vengeons-nous de l'ingrate, & de ses attentats.
Sers ma fureur, ami, conduis-moi sur ses pas.

A R C A S.

Non loin de la forêt, j'ai rencontré la Reine.
Ses yeux étaient troublés, sa démarche incertaine.
Penthésilée enfin demandait à vous voir.

A J A X.

Que dis-tu ?..... mais, Arcas, quel était son espoir ?
Quel intérêt l'agite, & quel soin la dévore ?

A R C A S.

Sans doute elle cherchait à vous trahir encore.

A J A X.

Va, ne redoute rien ; mes yeux se sont ouverts :
J'ai dissipé le charme, & j'ai brisé mes fers.
Qu'il me tarde, à tes yeux, de confondre l'ingrate !
Ses regards me cherchaient !.... mon désespoir la flatte.
Ajax n'est, à ses yeux, qu'un vil jouet d'amour.....
Mais c'est à l'inhumaine à gémir à son tour.
Je ne suis désormais que mon courroux pour guide.

A R C A S.

Dieux ! c'est elle !

E

SCÈNE II.

AJAX, PENTHÉSILÉE, ARCAS.

PENTHÉSILÉE.

Seigneur ! je viens......

AJAX.

Tremblez, perfide !
Vous ne jouirez point de mes tristes fureurs.
Ma disgrace bientôt vous coutera des pleurs.
Vous n'insulterez point, cruelle, à mon naufrage.
Il est temps que sur vous retombe enfin l'orage.
Ma haine désormais..... Reine ! que faites-vous ?

PENTHÉSILÉE.

Seigneur ! je viens tremblante embrasser vos genoux.

AJAX, *l'empêchant.*

Vous, Madame ! eh ! de moi qu'espérez-vous encore ?

PENTHÉSILÉE.

Hélas ! votre pitié : c'est tout ce que j'implore.

AJAX.

L'espoir de me braver vous conduit-il ici ?

PENTHÉSILÉE, *aux pieds d'Ajax.*

Ah ! Seigneur ! est-il temps de m'accabler ainsi ?

AJAX, *à part.*

Quel trouble la faisit ! que faut-il que je pense ?.....
A la Reine.
Reine ! rassurez-vous ; je prends votre défense.
Parlez, ne craignez rien : Ajax sera pour vous.
Quels sont vos ennemis ?..... je les combattrai tous.
Montrez-moi ces cruels, nommez-moi leurs complices.

PENTHÉSILÉE.

Sauvez-moi donc, Seigneur, de la fureur d'Ulysses.

AJAX.

Ulysse, dites-vous !

PENTHÉSILÉE.

       Seigneur, l'Autel est prêt :
Calchas, des prisonniers, a prononcé l'Arrêt :
Ulysse a tout conduit ; ma perte est son ouvrage.

AJAX, *à part.*

Chaque mot que j'entends, remplit mon cœur de rage.

PENTHÉSILÉE.

Vous pâlissez, Seigneur, & semblez interdit !

AJAX.

Madame, poursuivez ce funeste récit.
Dévoilez le tissu d'un complot que j'abhorre ;
Que mon esprit troublé conçoit à peine encore.

Sur-tout, de vous venger, confiez-moi le foin.....
Je le prendrai, Madame, & l'inftant n'eft pas loin.

PENTHÉSILÉE.

A ces décrets fanglans, pourriez-vous méconnaître
La cruauté d'Ulyffe, & les piéges d'un traître ?
Vous êtes le feul but de fes complots pervers.
S'il a profcrit mes jours, c'eft qu'il vous les croit chers.
C'eft lui qui, du Pontife, ouvre ou ferme la bouche.
C'eft pour mieux cimenter fon Oracle farouche,
Que les Troyens captifs, à Bellone échappés,
Dans cet Arrêt de mort, font tous enveloppés.
Bientôt, de leurs bûchers, vous allez voir la flamme.

AJAX.

Eh bien ! à leur fecours il faut aller, Madame.
C'eft à moi de punir ces lâches attentats.
Ne craignez rien d'Ulyffe, encor moins de Calchas :
Tout mon fang eft à vous.... & cependant, cruelle !
Vous feule avez caufé ma difgrace nouvelle.
Vous feule, en m'expofant au plus mortel affront,
D'un éternel opprobre, avez couvert mon front.

PENTHÉSILÉE.

Perdez un fouvenir dont votre orgueil murmure.
C'eft trop, c'eft trop Seigneur, regretter cette Armure.....

AJAX.

Reine ! je l'avoûrai, ce cœur en a fouffert.
Ajax, avec les Grecs, vous croyait de concert.
Que dis-je ? hélas ! vous feule, à ma perte animée,
Avez livré ma gloire aux mépris de l'Armée ;

A connaître un Rival, par quel autre, réduit;
Me vois-je environné de l'horreur qui me fuit?
Vous avez jusqu'au bout conduit votre artifice :
C'est vous, cruelle ! enfin, par qui triomphe Ulysse.
Ennemie implacable attachée à mes pas,
J'ai dû croire en effet..... non, je ne le crois pas.
Quand j'ai pu le penser, j'étais tout à ma rage.
Le souvenir récent d'un trop sensible outrage
Occupait mes esprits, de noirs soupçons frappés......
Je vous revois, Madame, ils sont tous dissipés.
Allons, allons, des Grecs, tromper la barbarie,
Renverser les autels qu'éleva leur furie,
Détourner sur eux seuls un Oracle inhumain,
Et mettre aux prisonniers les armes à la main.

PENTHÉSILÉE.

Ciel ! quel est votre espoir ? que prétendez-vous faire ?
Ah ! pour tromper Ulysse, il faut plus de mystère.
Vous nous perdez, Seigneur, par d'imprudens secours ;
Et si vous paraissez, c'en est fait de nos jours.

AJAX.

Quoi, donc ? impunément souffrirai-je une offense ?
Mon amour outragé gardera le silence ?
Un Prêtre, de mes bras, viendra vous arracher ?
Je vous verrai saisir, & traîner au bûcher ?....
Il faut, il faut, Madame, avant ce sacrifice.....

PENTHÉSILÉE.

Je le vois bien, Seigneur, il faut que je périsse.

Vous-même le voulez ; c'est par vous que je meurs.

A J A X.

Vous, Reine ! ah ! diffipez ces indignes terreurs.
Commandez, ordonnez ; que faut-il que je faffe ?

P E N T H É S I L É E.

Que vous n'ajoutiez point vous-même à ma difgrace :
Que, pour fauver mes jours , & ceux des Phrygiens ,
Vous daigniez n'employer que les plus fûrs moyens.

A J A X.

Je me fuis fait , Madame , un devoir de vous plaire.
Prononcez donc ; quel eft le confeil falutaire ,
Par où l'Oracle affreux peut fe voir démenti ?

P E N T H É S I L É E.

Diffimulons , Seigneur, c'eft l'unique parti.
Chargeons de l'entreprife un Miniftre fidèle :
Tout dépend du filence encor plus que du zèle.
Sans vous montrer aux Grecs, qu'un feul de vos Guerriers,
Arme , mais en fecret , les fix cents prifonniers.
Qu'un feul de vos vaiffeaux nous reçoive fur l'Onde.
Laiffez-nous difparaître : & quand l'Aftre du Monde
Demain viendra briller aux yeux des Matelots ,
Tenez-vous prêt vous-même à traverfer les flots.....

A J A X.

Il faut vous fatisfaire. Arcas ! tu viens d'entendre
Ce que Penthéfilée ordonne d'entreprendre :

Ne m'oppose plus rien, c'est un ordre absolu.
C'est moi qui te prescris tout ce qu'elle a voulu.
Suis la Reine.

ARCAS.

Seigneur!.....

AJAX.

Obéis, téméraire!
Obéis, dis-je; ou crains d'irriter ma colère.
A Penthésilée.
Vous partez! que mon cœur éprouve de tourment!
Puis-je, loin de vos yeux, puis-je vivre un moment?
Vous partez! ah! du moins, ah! trop charmante Reine!
Assurez-vous Ajax qu'il n'a plus votre haine?
Que mes soins, mes transports, si long-temps superflus?...

PENTHÉSILÉE.

Il faut donc l'avouer : mon cœur ne vous hait plus.
J'entends crier la voix de la reconnaissance :
Oui, je sens, dans mon ame, expirer la vengeance.
Que ne vous dois-je pas? vous brisez mes liens;
Vous sauvez, & ma vie, & celle des Troyens.
Je vous dois.... plus encor que je n'ose vous dire.
Dans le fond de mon cœur, si je vous laissais lire,
Vous le verriez, Seigneur, vaincu par vos bienfaits;
Sensible à vos vertus, combattu de regrets.
Vous n'êtes plus pour moi ce Tyran redoutable.
Vous n'êtes plus pour moi qu'un Héros respectable;
Un Prince magnanime, un Vainqueur généreux,
Que les Dieux m'ont forcée à rendre malheureux.

Ah ! je frémis de voir vos nobles destinées ,
Aux caprices du Sort, par l'Amour enchaînées. . . . .
Et je voudrais qu'Ajax pût élever son cœur
Au dessus des dangers d'une funeste ardeur.

A J A X.

Ah ! si vous me plaignez, quel malheur ai-je à craindre ?
Ah ! si je vous suis cher, puis-je encore être à plaindre !

P E N T H É S I L É E.

Le temps presse , Seigneur, gardons de différer.

A J A X.

A Arcas.

Dieux ! quel instant !.... O toi ! va , cours tout préparer ;
Conduits la Reine ; & viens, du succès de ton zèle,
En ce lieu même , Arcas , m'apporter la nouvelle.

SCÈNE III.

A J A X, *seul.*

Grace au Ciel ! mes destins vont prendre un autre cours.
Les Dieux, à tous mes vœux long-temps cruels & sourds,
Me regardent enfin après tant d'injustices.
Néméfis & l'Amour me font du moins propices.
Pour qui va se venger, que la haine a d'appas !
Que de plaisirs on goûte à punir des ingrats !
Ah ! combien ma fureur contemple avec ivresse
Les maux dont je prévois que va gémir la Grèce !

O toi, qui rends les Dieux, de tes faveurs, jaloux ;
Pâle fille du Styx, & sœur du noir Courroux,
Vengeance ! toi qui vis du feu qui te consume,
Viens pénétrer mon cœur de ta douce amertume :
Offre-moi des tableaux qui flattent mon espoir.
Peins-moi ce qu'en ces lieux mon départ fera voir.
Représente à mes vœux la Victoire homicide,
Dévorant les Guerriers & la flotte d'Atride ;
Tous les fléaux du Ciel, & tous ceux des Enfers
Se rassemblant contre eux, des bouts de l'Univers :
La Mort par-tout présente ; & pour comble de joie,
Ulysse sans défense, expirant devant Troie.

SCÈNE IV.

AJAX, ULYSSE.

AJAX.

MAIS qui s'avance à moi ?.... c'est Ulysse, grands Dieux !
Perfide ! oses-tu bien te montrer à mes yeux ?
Viens-tu r'ouvrir ici mes blessures cruelles ?

ULYSSE.

La Grèce est en danger ; suspendons nos querelles.
Ajax ! viens la sauver des plus affreux revers.
Un traître a, des Captifs, osé briser les fers.
Nos vaisseaux sont en feu ; nous n'avons plus d'asile :
Pâris, & les Troyens, sont sortis de leur ville.

Dans ce preſſant péril, c'eſt vers toi que j'accours.

A J A X.

Et la Grèce, dis-tu, m'appelle à ſon ſecours?
La Grèce, dont le nom renouvelle ma rage!
Elle que j'ai ſervie, & qui me fait outrage!
Elle qui doit ſa gloire à mes derniers exploits!
Elle qui me rejette, & t'a donné ſa voix!
Peux-tu, peux-tu chercher l'auteur de ſa diſgrace?
Contre elle, des Captifs, j'ai ſeul armé l'audace.
C'eſt moi dont le courroux a briſé leurs liens,
C'eſt mon bras qui l'immole aux fureurs des Troyens;
C'eſt par moi que ſon ſang a rougi leur épée;
Reconnais ma vengeance aux coups qui l'ont frappée.

U L Y S S E.

Qu'entends-je! ah! t'ai-je dû reconnaître à ces traits?
Quoi! ce prix trop brigué cauſe encor tes regrets?
Tu n'écoutes, ne ſuis que ta haine rivale.....
Eh bien! poſsède-la, cette Armure fatale.
Faut-il te la céder, Ajax? tu peux parler.

A J A X.

Je ne m'en ſervirais que pour mieux t'immoler:
Concurrent déteſté! va, ſors de ma préſence.
Fui; cours vanter aux Grecs ta frivole aſſiſtance.
Invente des moyens pour ſauver leurs vaiſſeaux.
Va conſulter Calchas ſur ces malheurs nouveaux.
Signale ton génie; oppoſe à ces alarmes
La fuite, les détours, tes familières armes.

Sur-tout, n'attends de moi ni secours ni pitié;
Et sois sûr à jamais de mon inimitié.

ULYSSE.

Rien ne fléchit ton cœur ! tigre ! rien ne le touche !
Poursuis; reste fidèle à ton courroux farouche.
Jouis de nos revers, insulte à nos douleurs,
Contemple avec orgueil ta honte & nos malheurs :
Abandonne la Grèce à son destin funeste.
J'aurai d'autres secours; & Minerve me reste.
J'atteste ici le Ciel, ennemi des pervers,
Que toi seul nous trahis, que c'est toi qui nous perds.
La vengeance des Dieux va fondre sur ta tête.
La peine suit le crime, & la tienne s'apprête :
Parmi les Prisonniers, (frémis, traître, à ce nom !)
Parmi les Combattans, je viens de voir Memnon.
Les Dieux l'ont rappelé de la fatale rive :
Tes mains, à ton Rival, ont livré ta captive.
Je prévois quels regrets vont suivre tes transports.
Va, je te laisse en proie à tes honteux remords.

SCÈNE V.

AJAX, *seul.*

QUEL coup de foudre, ô Ciel ! ô disgrace dernière !
Memnon vivrait ! Memnon reverrait la lumière !
Arrête !..... Il est parti ! je le rappelle en vain.
Il fuit, en me laissant le poignard dans le sein.

Dieux ! quel avis funefte a frappé mon oreille ?
Quel effrayant foupçon dans mon cœur fe réveille !
Je fuis trahi ! le Sort, à me nuire, affidu.....
Eft-ce toi, cher Arcas !

SCÈNE VI ET DERNIÈRE.

AJAX, ARCAS.

ARCAS.

SEIGNEUR, tout eft perdu !
Memnon, qu'on croyait mort, a paru dans la plaine ;
Le fang de nos Guerriers vient d'affouvir fa haine :
Vous-même avez fervi fes barbares efforts.
La Reine & lui, Seigneur, s'éloignent de ces bords.

AJAX.

Ils partent !..... penfent-ils fe fouftraire à ma rage ?
Viens, fuis-moi, cher Arcas, courons vers le rivage ;
Montons fur mes vaiffeaux.

ARCAS.

Quoi donc ? ignorez-vous
Que les feux dévorans les ont embrafés tous ?
Un feul, qui, des Troyens, porte l'efpoir funefte,
Eft échappé ; la flamme a confumé le refte.

Mais un mal plus preſſant me ramène à vos yeux :
Excité par Ulyſſe, Atride furieux
Prétend venger ſur vous ſa flotte & ſa défaite.
Il faut, n'en doutez point, ſonger à la retraite.
Je crains même, je crains que mes ſoins ſuperflus
N'aient trop tard.. Mais, Seigneur, vous ne m'entendez plus !
Quelle noire fureur tout à coup vous tranſporte !
Ah ! reprenez vos ſens ; rejoignez votre eſcorte.

A J A X.

Où ſuis-je ?..... ſous mes pas je vois les ſombres bords.
Qui m'a conduit vivant dans l'Empire des Morts ?
Une ſecrète horreur de mon ame s'empare.
Dieux ! où m'entraînez-vous ? .... je ſens que je m'égare !
En ces inſtans affreux, pourquoi t'offrir à moi ?
A ta perte certaine, ami, dérobe-toi.
Mon aveugle tranſport te prendrait pour victime :
Fuis, malheureux Arcas, épargne-moi ce crime.
Quelle Divinité, quel funeſte Démon
Me ſouffle cette rage, & trouble ma raiſon ?
C'eſt toi, fille du Dieu qui lance le tonnerre,
C'eſt toi dont le courroux me déclare la guerre.
Tombe ; de ma vengeance effrayons les Mortels :
Vois détruire ton culte, & briſer tes autels.
Ni l'Olympe irrité, ni Jupiter lui-même,
Ne ſçauraient te ſauver de ma fureur extrême.

Il briſe la ſtatue de Minerve. Le tonnerre tombe.

Quels déluges de feux s'offrent à mes regards !
Quel effroyable bruit gronde de toutes parts !

Tonnez, Dieux impuiſſans, pour me réduire en poudre.
Armez l'Enfer encore, au défaut de la foudre.
J'échappe à tous vos traits ; je brave vos efforts :
Et je ſaurai, ſans vous, deſcendre chez les Morts.

Il ſe précipite ſur ſon épée.

FIN.

www.ingramcontent.com/pod-product-compliance
Ingram Content Group UK Ltd.
Pitfield, Milton Keynes, MK11 3LW, UK
UKHW010914160726
13695UKWH00007B/1256